오늘은 무엇으로 나를 채우지

오늘은 무엇으로 나를 채우지

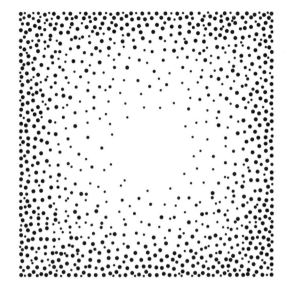

마쓰시게 유타카 지음   이지수 옮김

바다출판사

연기하는 자의 헛소리

어리석은 자의 잠꼬대

연기하는 자의 헛소리

설정을 바꿔버릴 정도로
자백에 영향을 주는 음식

　나처럼 지겨울 만큼 오랫동안 배우 일을 해온 사람은 일 년 내내 형사 또는 야쿠자 역할의 대본이 가방에 들어 있기 마련이다. 물리지 않도록 이따금 의사나 변호사 역할이 섞여 든다. 그게 끝없이 반복된다. 싫지는 않지만 슬슬 지겹다.

　그럼 연애물이나 히어로물을 하고 싶은 거냐면, 또 그렇지도 않다. 나이도 있고, 애초에 그런 역할의 적령기에는 일이 없었기 때문에 어떻게 하는지도 모른다. 슬픈 현실이다.

　이 레퍼토리 중에서도 빈도로 따지면 단연 많은 게 형사 역할이다. 일 년 중 절반은 의상 속에 경찰수첩을 숨겨두고 있다.

한데 평범한 생활 속에서는 현직 형사님을 뵐 일이 거의 없지 않은가. 은퇴한 분이 경찰 지도라는 명목으로 촬영 현장에 오시는 경우는 있어도 현직 형사는 못 만난다. 술자리라도 마련되면 얼른 달려갈 텐데. 물어보고 싶은 게 산더미다. 하지만 비밀 유지 의무가 있는 것 같고, 입도 무거우실 것 같고, 흥에 겨운 나머지 도가 지나쳐 체포되는 것도 싫고.

형사 역할도 종류가 여러 가지다. 좋은 형사, 나쁜 형사, 열혈 형사에 베테랑 형사, 인정파, 지성파, 행동파, 방관파, 야쿠자보다 위험한 조직범죄대책부 형사, 조사 회의에서 보고만 하는 형사, 등장하자마자 순직하는 형사, 스토리와 직접적인 관계가 없는 형사. 아, 네, 저는 그 모든 역할을 다 해봤습니다. 그런 갖가지 형사물을 모아놓은 단편 영화의 제전 〈형사 축제〉°도 지금은 그립다.

그래서 진짜 하고 싶은 이야기는, 그런 가공의 형사 경력만 삼십 년이 넘는 나조차 취조의 정석으로 불리

○ 영화감독 시노자키 마코토의 제안으로 여러 명의 감독이 찍은 옴니버스 형사 영화.

는 '돈가스덮밥'을 피의자에게 내준 적이 여태 없다는 것이다.

피의자 역할이었을 때도 받아본 적이 전혀 없다. 잘은 모르겠지만 이익 공여에 해당한다느니 하는 이유로 지금은 금지된 행위라고 한다.

장시간에 걸친 취조의 절정. 형사가 피의자에게 천천히 내미는 사발. 뚜껑을 열면 뜨거운 김 너머로 반숙 달걀과 튀김옷을 기품 있게 두른 돈가스, 그 주위를 장식하는 갈색 양파, 꼭대기에 완두콩이 고상하게 얹혀 있는 그것은 분명 거룩한 '돈가스덮밥' 아닌가.

돈가스를 베어 무는 상상을 해본다. 먼저 관능을 자극하는 건 돼지기름이다. 맛국물은 달착지근해야 한다. 감칠맛 나는 부드러운 간장, 육즙을 흠뻑 빨아들인 튀김옷, 그 속에 들어 있는 고기. 그리고 밥, 밥, 밥. 싹싹 그러모아 우적, 우적.

"감독님, 이걸 먹으면 저도 모르게 자백해 버릴 것 같은데요. 그러니 안 먹겠습니다. 아니면 먹고 자백해 버리는 설정으로 바꾸는 건 어떠세요?"

어제 마늘을 잔뜩 먹은 녀석이
임종 장면에 임하는 태도

　지금까지 몇 번이나 사람을 죽여왔을까. 아니, 지금
까지 몇 번이나 죽어왔을까.

　한 작품에서 살인을 여러 차례 저지를 수는 있다. 하
지만 한 작품에서 두 번 죽기란 불가능하다. 아, 좀비
라면 가능할지도. 그래서 나는 죽은 횟수보다 죽인 횟
수가 더 많다. 으흐흐.

　영화에서도, 드라마에서도, 연극에서도 '죽음'이 극
중에 등장하는 작품은 수두룩하다. 음, 그렇고말고.

　어떤 작품이든 촬영이나 리허설에 들어가기 전에,
의사 역이나 변호사 역 등 그 역할을 연기함에 있어서
보통은 해당 직업인에게 기술 연기를 지도받는다.

　그런데 살인자나 피살인자는 직업인이라는 것이 존

재하지 않는다. 아, 실제로는 있지만 그렇다 한들 살인 자도 임사臨死 체험자도 촬영 현장에 와주지는 않는다. 요컨대 연기 지도 없이 상상력만으로 임해야 한다.

죽이는 것이라면 현대극이든 시대극이든 무술감독이 아이디어를 준다. 반면 죽는 방법은 아무도 가르쳐주지 않는다. 척살, 교살, 독살, 그리고 각종 자살. 나는 어떻게 죽으면 될까.

옛날 영화에서처럼 호들갑스럽게 죽으면 현실성이 없다는 소리를 듣는다. 하지만 자연스럽게 죽으라고 해도 곤란한걸. 끙.

곤란한 김에 더 말해보자면 눈을 뜨고 죽을 것인가, 감고 죽을 것인가 하는 문제도 있다. 이것 역시 감독에게 확인을 받는다.

또 죽은 후의 장면이 길면 호흡은 어떻게 해야 하는가. 이건 복부에 카메라 초점을 맞추는지를 촬영감독에게 확인해 본다. 확인한 다음에는 의상으로 가리고 천천히 복식호흡을 하면 된다.

움직이지 마라, 울고 있는 그녀의 연기가 헛되어진다.

얼마 전에 있었던 일이다. 모 미식 드라마에서 마늘

요리를 잔뜩 먹어야 했다. 다음 날까지 하루 종일 냄새가 날 텐데 괜찮겠냐고 스태프가 겁을 준다.

반쯤 농담으로 "내일 키스 신 없으니까 괜찮아"라고 대꾸했지만, 문득 생각났다. 내일 대하드라마 촬영이 있는데 아침 일찍 임종 장면을 찍는다는 것이.

대본을 확인했더니 미녀 세 명에게 둘러싸여 숨이 끊어지는 장면인 데다 대사까지 있었다. 온갖 대책을 강구해 봤지만 냄새는 어찌할 도리가 없었다. 맙소사, 무호흡으로 대사를 내뱉고 무호흡으로 죽었다. 괴로워서 눈물이 났다.

그래도, 움직이지 마라. 울고 있는 세 미녀의 눈물이 헛되어진다.

머릿속에 꽉 들어찬 대사가
카레에 밀려나고 식곤증이 덮치는 오후

　다행히 이 나이가 될 때까지 누군가에게 소송을 당한 적이 없고, 아무리 화가 나도 소송을 건 적도 없다.
　그러나 배우로 살다 보면 피해 갈 수 없는 것이 법정물 드라마나 영화다. 소위 변호사 역이나 검사 역, 어떤 때는 재판관이나 방청인, 또는 사무직원인 경우도 있다.
　법정에서는 큰 움직임도 없이 대사를 주고받는 것으로 이야기가 전개된다. 대체로 극의 마지막 십오 분 정도에 걸쳐 수수께끼가 풀리며 이야기가 한 건 마무리되는 식의 작품이 많지 않을까. 이렇게 멋대로 말하면 작가 선생님께 혼날 수도 있지만.
　변호사 시점으로 전개되는 드라마라면 악역인 검사

가, 검사 시점으로 전개되는 드라마라면 악역인 변호사가 초반에 상대를 단숨에 몰아붙이는 긴 대사를 치기 마련이다. 그쪽 전문인 나한테는 많았다, 그런 류의 긴 대사가.

한데 문제는 그게 참 어렵다는 것이다. 피의자 이름, 피해자 이름, 목격자의 이름과 각각의 고유 명사, 현장 지명, 흉기 명칭, 날짜와 시각의 숫자.

이처럼 감정과는 전혀 관계없는 단어를 막힘없이 낭송해야 한다. 뭐, 마찬가지로 주인공에게도 후반에 수수께끼를 푸는 장면이 있으니 악역에게만 불리한 것은 아니다.

오래전 법정물 연속극을 하게 되어, 배역 연구를 위해 재판을 방청하러 간 적이 있다. 아침에 법원에 가면 그날 열리는 재판의 내용과 해당 법정을 입구에서 열람할 수 있게끔 되어 있다.

그렇지만 나중에 무서운 사람한테 "너 이 자식, 그때 재판 엿봤지?"라는 말을 들을까 봐 겁이 나서, '살인'이나 '강도'는 피하고 비교적 온건한 '치한'과 '사기' 재판 가운데 선택했다.

실제 법정은 어떤가 하면, 당연히 발성 연습을 하는

사람은 없으니 모든 게 개미 소리로 진행된다. 기소장 낭독부터 반대 신문까지 들리든지 말든지 소곤소곤. "이의 있습니다"도 목소리가 작아서 안 들린다.

별반 참고로 삼지도 못한 채 촬영에 들어갔다. 그날 검사 역이었던 나는 아침부터 조잘조잘 기소장을 읽고 피의자를 추궁했다. 검사 측 중심의 촬영은 오전에 끝나고 오후부터는 변호사 측 촬영이다. 휴, 하고 안도의 한숨을 내쉬며, 아침부터 빈속이었기 때문에 케이터링 업체에서 차려놓은 카레를 맛있게 싹싹 긁어 먹고 리필까지 했다.

식곤증이 덮치는 점심시간 뒤, 조감독이 말했다.

"오전에 찍은 것 중 빠진 부분이 있어서 검사 측 첫 부분을 다시 한 번 찍을게요."

뭣, 다시 찍는다고? 안 돼, 안 돼, 카레를 토해낼 수는 없다고.

대사 대신 카레로 꽉 들어찬 내 머릿속은 이미 모든 고유 명사가 어딘가 날아가 버리고 없단 말이다.

외국에서 이교도가 된 날의 초밥과 욕조,
그 차가움에 대해

어느덧 삼십 년도 더 된 이야기다. 니나가와 유키오°
선생의 극단에 들어간 나는 운 좋게도 입단 이 년 차
에 해외 공연에 따라가게 되었다. 런던의 템스강변에
있는 내셔널시어터, 즉 영국국립극장에서 〈맥베스〉와
〈메데이아〉를 동시 상연하는 무대에 서는 것이었다.

그것이 난생 첫 해외여행이기도 했던 나는 기대에
부풀어 신주쿠 기노쿠니야서점의 여행 가이드 코너로
향했다. 공연이 끝난 뒤 그대로 극단을 뛰쳐나와 홀로
영국 국내 여행을 할 작정이었다.

○ 셰익스피어 희곡과 그리스 비극 전문 극단을 운영한 일
본의 연극연출가.

영국 여행 가이드북을 서서 읽고 있었더니 나이 지 긋한 부인이 불쑥 말을 걸어왔다.

"영국에 가시나요?"

들떠 있었던 나는, 그러지 말아야 했는데 영국국립 극장에서 일본어 연극을 한다는 이야기를 하고 말았 다. 그 아주머니도 우연히 같은 시기에 런던에 가 있는 모양인지 "괜찮으면 그쪽에서 만나요. 밥이라도 살게 요"라고 했고, 흥분한 상태였던 나는 묻는 대로 순순 히 이름을 말해줬다.

물론 그야말로 무명의 신인 시절이었으니 반 농담 이겠거니, 사교성 멘트겠거니 하고 대수롭지 않게 넘 겼다. 그게 온갖 사람들이 오가는 기노쿠니야서점의 책장 앞이기도 했고.

한데 그 아주머니, 어떻게 알아냈는지 우리가 런던 에서 묵고 있던 호텔에 나타났다.

"초밥이라도 먹으러 가요."

영국에는 맛있는 게 없다는 사실을 깨달아가던 나 는, 놀라기보다 흔쾌히 따라나섰다.

차로 달리기를 한 시간, 기대는 불안으로 바뀌기 시 작했다.

도착한 곳에는 어째서인지 일본어 간판이 달려 있었다. 그리고 보이는 '교회'라는 두 글자. 들어갔더니 그곳은 틀림없는 예배당이었고, 신부님인 듯한 우락부락한 남자도 있었다.

"식사 전에 세례를 받읍시다."

그는 나에게 다짜고짜 입고 있는 옷을 벗고 하얀 천 한 장을 두르라고 했다. 그러고 나서 눈앞의 욕조에 들어가라고 말했다.

위험해, 위험해. 머릿속은 후회라는 두 글자로 가득했다. 하지만 호텔로 돌아가지 못하면 저녁 공연 시간에 맞출 수 없다. 뛰어서 달아날 수 있는 곳은 아니다. 아뿔싸, 이런 상황이면 개종한다 해도 부처님도 조상님도 용서해 주시겠지.

결심하고 차가운 욕조에 들어가자 신부님이 할렐루야, 하고 외치라고 했다. 기어들어 가는 목소리로 "할렐루야" 했더니 더 큰 소리로 외치라는 양 등을 철썩철썩 때렸다.

"할렐루야, 할렐루야, 할렐루야."

세례식은 순조롭게 끝났고 나는 다른 방으로 안내되었다. 거기에 '초밥'이 있었다. 하지만 그건 '지라시

초밥'°이었다. 심지어 마트에서 파는 인스턴트 소스와 건더기로 만든 것이었다.

알 수 없는 종교의 신도가 된 나는 차갑게 식어버린 몸으로 영국에서 가장 맛없는 '초밥'을 먹었다.

○ 식초로 양념을 한 밥 위에 초밥 재료를 흩뿌려 먹는 음식.

포테이토칩을 한 손에 든 양들의 침묵,
그 기념사진이 없는 건에 대해

극단에 들어간 지 이 년밖에 안 된 나를 런던 공연
에 데려가 준 니나가와 유키오 선생님은 정말로 감사
한 분이다. 연회 때 필요한 정장 세트도, 가난한 나를
위해 당신이 입던 것을 자비롭게 내주셨다. 뭐, 팔다리
기장이 엄청 짧긴 했지만.

난생 첫 해외여행, 착륙하는 기내에서 내려다본 런
던 시내는 황금색으로 빛나고 있었다. 공항에서 곧장
템스강변의 내셔널시어터로 향했다. 직역하면 '국립
극장'이다. 대, 중, 소 세 종류의 극장이 있고, 매일 각
극장에서 저마다 공연을 한다. 우리는 그중 중간 규모
의 리틀턴극장에서 셰익스피어의 극을 올릴 예정이었
다. 물론 대사는 일본어로, 센고쿠 시대의 갑옷과 투구

를 걸치고.

극장 안에는 조그마한 분장실 세 개가 뒤섞여 있어서 그쪽 배우들이 곳곳에서 보인다. 게다가 식당을 같이 쓰는 점도 즐거운 요소 중 하나다. 엄청나게 맛없다는 점에 대해서는 눈을 감아주도록 하자. 여기는 영국, 명물은 피시 앤드 칩스뿐이다.

게다가 그곳에는 연극이 끝나고 한잔 걸치는 '분장실 펍'까지 있다. 으음, '분장실 펍'이라니 얼마나 근사한 어감인가. 일본에는 당연히 없다. 그래, 없고말고.

우리는 연극이 끝난 뒤 매일 그곳에서 죽쳤다. 우리의 연극을 본 영국인 배우가 말을 걸어온다. 침묵은 멋이 없다. "파든pardon? 파든?"만 연발하는 것도 별로 도움이 안 된다. 짧은 영어와 보디랭귀지, 그리고 셰익스피어의 대사를 일본어로 외치면 놀랍게도 분위기로 의기투합할 수 있었다. 맥주와 스카치위스키, 안주는 포테이토칩. 정말 즐거웠다.

어느 날, 우리 같은 젊은 배우들이 쓰는 큰 분장실에 저쪽 소극장에서 주연을 맡고 있다는 배우가 찾아왔다. 일본의 젊은 배우와 교류하고 싶었던 모양이다. '앤서니 아무개'라는 연극배우였는데, 유감스럽게도 나는 그를 몰랐다. "앤서니 퍼킨스라면 알지만 홉킨스? 누구야, 그게"라는 발언을 했던 기억이 있다. 함께 사진을 찍는 순간에 이르러서까지, 악수를 하면서 무례하게시리 "아저씨도 힘내세요"라는 식으로 말했던 기억도 있다. 여하튼 공연이 없는 날에는 존 라이든을 보기 위해 라이브하우스에 가서 퍼블릭 이미지 리미티드의 노래를 들었던, 반항아 시절의 나다. 그와 찍은 사진마저도 추가로 인화해 달라고 부탁하지 않은 탓에 나한테는 없다. 지금 와서는 참으로 아쉬울 뿐이다.

그로부터 몇 년 뒤, 〈양들의 침묵〉이라는 영화 속에는 강렬한 인상을 남기며 앞으로 선풍을 일으키게 될 그 시절의 '앤서니 아무개'가 있었다.

키 크는 비결을 물으면
일단 우유라고 대답한다

갑자기 이야기는 1970년대의 급식으로 거슬러 올라간다.

그 악명 높은 탈지분유를 경험한 사람은 내 세대에도 드물다. 하지만 내가 다닌 초등학교 급식에서는 어째서인지 그게 나왔다. 그 맛없음은 실로 비할 데가 없다. 그리고 함께 피어오르는 불쾌한 악취. 다 못 마시고 남기면 담임선생님께 얻어맞는다는 부조리.

뭐, 그나마 격일이라서 견딜 수 있었다. 그렇다, 이게 특징이다. 이틀에 한 번은 멀쩡한 우유가 나왔다. 다시 말해 오늘 코를 감싸 쥐고 견디면 내일은 맛있는 우유를 얻어먹을 수 있는 것이다.

중학교에 올라가 탈지분유가 급식에서 퇴출당한 뒤

에도, 어째서인지 감사해하며 우유를 마셨다. 겨울철 교실에서 남은 우유도 꿀꺽꿀꺽 마셨다. 결석한 급우 것도 꿀꺽꿀꺽 마셨다. 친구인 K도 함께 꿀꺽꿀꺽 마셨다. 앞다투어 우유를 마신 우리 둘은 콩나물처럼 키가 쑥쑥 자랐다. 나는 중학교를 졸업할 때 187센티, 꼬맹이였던 K도 180센티를 넘겼다.

우유 덕분에 대학교에 들어갔을 때는 신장 190센티를 돌파해서, 뜻하지 않게 입는 것과 신는 것에 애를 먹는 인생이 시작되었다.

그나마 학창 시절에는 괜찮았지만, 배우라는 직업을 가지고 살아감에 있어서 당시 키가 크다는 것에는 결점밖에 없었다. 상대 배우와 어울리지 않는 것은 물론이고 의상도 기성품은 맞지 않았다. 프로필에는 키를 189센티로 줄여서 신고했고, 의상 피팅 때도 반드시 내 양복을 챙겨 들고 갔다. 그래서 젊은 시절의 작품을 보면 같은 색깔의 더블 슈트를 입은, 야쿠자 졸개 역의 내가 여기저기서 등장한다.

시대극의 경우에는 양복을 입을 수도 없어서, 호위꾼 역할을 할 때는 턱없이 짧은 하카마°를 허리가 아닌 무릎 위쯤에서 꽉 묶어 제대로 걷지도 못하고는 했다.

시대는 훌러 현장에 키 큰 젊은 배우가 남녀 불문 넘쳐나게 되었고, 의상 피팅 때도 여러 가지 옷 중에서 고를 수 있는 자유가 생겼다.

하지만 그런 나의 전성기도 한순간뿐, 쉰 살을 코앞에 두었을 때의 이야기다. 드라마 촬영에서 감독이 컷을 외친 직후, 상대 배우가 나에게 "어라, 키가 줄었어요?"라고 물었다. 같은 장신으로 몇 번이나 함께 연기했던 A 씨가 한 말이었다. 시선의 위치가 전보다 낮아졌다는 것이다. 키가 같은 사람만이 알아차릴 수 있는 위화감을 그는 느꼈던 모양이다.

그럴 리 없다며 대수롭지 않게 넘겼는데, 언젠가 요통 때문에 정형외과에 가서 확인차 MRI를 찍었더니 추간판이 눈에 띄게 줄어들었다고 했다. 심지어 몇 군데나. 돌아가는 길에 키를 재봤더니 187센티란다. 뭐, 그래도 충분히 거인족이긴 하지만 아무래도 평범한 거인으로 전락한 듯하다.

사춘기 이후 이보다 더 크면 곤란하다며 우유를 끊

○ 일본의 전통 복장으로 넉넉하게 주름 잡힌 하의.

29

었던 나지만, 최근 우유를 데워서 자기 전에 천천히 음
미하며 마시는 즐거움에 눈떴다. 이보다 더 줄어들지
는 않게 해달라고 기도하면서.

빡빡머리 중학생은
레게와 펑크 사이에서 흔들렸다

　남자 중학생은 모두 머리를 9밀리미터보다 짧게 빡빡머리로 자를 것. 그런 시대 속에서 자랐다. '까까머리 중딩'에게 어울리는 복장은 교복을 제외하면 '추리닝'밖에 없다.

　그래서 영화를 보러 갈 때나 미스터도넛에 갈 때나 오니츠카타이거의 추리닝이 나의 정장이었다. 고등학교에 들어가서도 유도부였던 탓에 빡빡머리였고, 그 때문에 복장은 추리닝이 아디다스로 바뀐 정도였다. 위아래 빨간 추리닝 차림으로 시내의 영화관에 가서, 얼굴까지 새빨개지면서 마시기 힘든 맥도날드 셰이크를 훌쩍훌쩍 빨아 먹었다.

　모두가 까까머리. 이 구시대적인 악습 탓에 사춘기

의 소중한 패션이 '삼선 추리닝' 일색이 되었다. 정작 머리를 길렀을 때는 무엇을 입고 돌아다녀야 할지 알 수 없었다. 하지만 멋에 대한 갈망은 나날이 깊어져만 갔다. 도쿄의 대학에 들어가 드디어 머리를 기른 나는 어안이 벙벙했다. 머리카락이 똑바로 자라나지 않았던 것이다.

'곱슬머리'. 활자로도 쓰기 싫은 그 어감. '천연 파마' '고이케 씨'° '뽀글머리'. 그저 견디기만 했다.

펑크 록을 동경하지만 삐죽머리는 될 수 없다. 파리가 머리카락 속에서 탈출하지 못해 윙윙 울어댄다. 그런 미래는 까까머리 시절의 나로서는 상상조차 하지 못했다.

그럼에도 애써 길러봤더니 '천연 폭탄머리'가 되었다. 꼬아봤더니 '천연 드레드 머리'가 되었다. '곱슬머리 교정'이라는 글자에 속아 넘어가 미용실에서 3만 엔이나 썼는데도 샴푸 한 번에 레게 뮤지션 오빠로 되돌아왔다.

° 〈도라에몽〉으로 유명한 후지코 F. 후지오 콤비의 여러 만화에 등장하는 뽀글머리의 중년 남성.

그런 머리카락으로 잘도 배우를 하는구나, 하고 생각하는 당신. 그렇습니다, 그날의 기후에 따라 볼륨이 늘었다 줄었다 하는, 습도계처럼 민감한 분재 머리는 메이크업 담당자에게 맡겨둘 수 없습니다. 컬링 드라이어, 컬 브러시, 비밀의 이발료, 이 3종 신기神器를 촬영장에 항상 가지고 다니며 로케 현장의 환경, 앞으로의 날씨, 바람은 부는가, 땀을 흘리는가 등등 모든 상황을 감안해 맡은 역할에 어울리는 머리로 세팅한다. 그 고생 탓에 흰머리도 늘어간다. 돌이켜 보면 이런 곤란한 머리카락으로 잘도 몇십 년이나 배우를 해왔다.

　　그런데 최근 어떤 작품 때문에 새치 염색을 멈췄더니, 머리카락이 거의 새하얘져 있었다. 게다가 놀랍게도 그 흰머리는 직모로 변해 있는 게 아닌가.

　　인제 와서 새삼스럽다는 느낌은 있지만 나쁘지 않다. 이 나이에 밥 말리에서 시드 비셔스°로 변신해서, 삼선 추리닝 차림으로 외출하는 불량 노인이 되어보는 것도 괜찮지 않을까.

ㅇ 삐죽삐죽한 머리로 활동한 섹스 피스톨즈의 베이시스트.

양하 때문에 외울 수 없었다고
귀여운 글씨로 썼다

미신이라는 건 알지만, 연극 무대에 오르는 날이나 영화의 롱 테이크 촬영이 예정된 날에는 양하를 먹지 않는다. 하지만 양하에게는 죄가 없다. 먹으면 건망증이 심해진다느니, 나아가 암기력이 떨어진다느니 하는 건 터무니없는 누명이다.°

극의 절정에서 대사가 안 나오는 공포. 이것은 배우가 죽을 때까지 가위눌리는 일상적 악몽의 대표가 아닐까. 실제로 나는 오늘 아침에도 그런 꿈을 꿨다. 무

° 부처의 제자인 주리반특은 방금 들은 말씀도 돌아서면 잊을 정도로 건망증이 심했는데, 그가 죽은 후 무덤에서 양하가 자랐다고 한다. 이로 인해 일본에서는 양하를 먹으면 건망증이 생긴다는 속설이 생겼다.

대 위에 멍하니 서 있는 나. 연출가는 역시 니나가와 선생이다. 본 공연 중인데도 객석에서 고함을 지르신다. 돌아가신 뒤에도 머리맡에서 계속 고함을 치시다니, 고마운 공포다.

대본을 한 번만 읽어도 대사가 외워지는 뇌와 절대로 갈라지지 않는 성대. 이 두 가지 능력을 갈망했던 이십 대.

그건 이룰 수 없는 꿈이라는 사실을 깨달은 사십 대부터 기억과 관련된 능력이 떨어지기 시작한 듯하다. 아니, 그런 느낌이 들 뿐이지 사실 뇌는 죽을 때까지 진화한다는 이야기를 어느 방송에서 들었다. 나는 자신의 태만을 그냥 뇌 탓으로 돌리고 싶은 모양이다.

고작 두 줄짜리 대사가 일주일이 지나도록 머릿속에 들어오지 않거나, 완벽하게 외웠던 대사 한마디를 본 공연 때 몇 번이나 빼먹거나, 급기야 공연 첫날에 맑은 하늘처럼 뇌가 텅 비는 이른바 '백지상태'가 되어 주위 사람들을 새파랗게 질리게 만들었다. 그럴 때는 바지 주머니에 숨겨둔 커닝 페이퍼를 꽉 움켜쥔다. 결코 꺼내서 읽을 일 없는 커닝 페이퍼.

어느 젊은 배우가 물어온 적이 있다.

"마쓰시게 선배님도 쓰면서 외우는 타입이군요?"

우리가 젊었을 적에는 뭐든 써서 외웠다. 나는 대사를 종이에 적어서 들고 다니면서 외우고, 이따금 확인하며 암기해 나간다. 복사본으로는 안 된다. 나의 글씨를 평소 좋아하는 펜으로 종이에 써야 한다. 세대상 '판서'를 옮겨 쓰는 행위가 기억과 세트를 이룬 게 아닐까 싶다.

성실하지 못했던 나는 항상 중간고사나 기말고사 직전에 친구한테 공책을 빌려서 베껴 적었다. 친구라 해도 착실하게 판서를 옮겨 쓰는 건 대부분 여자애들이다. 당시 여자애들 사이에서는 '동글동글 글씨'라는 서체가 유행했다. 이른바 '공주님체'다.

끝없이 베껴 적다 보니 내 글씨도 동글동글 글씨가 되었다. 오늘도 나의 의상 주머니에는 공주님체로 대사가 적힌 커닝 페이퍼가 들어 있다.

흠칫할 만큼 귀여운 글씨가 적힌 종이를 움켜쥐고, 간절히 대사를 떠올려본다.

오믈렛도 에그 베네딕트도
변기에 앉은 다음에

오늘의 촬영 현장은 도쿄 중심부에 있는 고급 외국계 호텔의 한 방으로, 이른 아침인데도 불구하고 조식식당은 수많은 숙박객으로 우아하게 붐비고 있었다.

일정 수준 이상의 호텔 아침 뷔페에는 즉석에서 오믈렛을 만들어주는 요리사가 꼭 있다. 설령 외국이라 해도 짧은 영어로 내 취향의 오믈렛을 주문하는 것이 나의 더없는 즐거움이다. 숙박하는 호텔의 수준이 올라간 오십 대 이후의 이야기라는 것을 덧붙여 둔다.

아직 스탠바이까지 시간이 남았으니 이 호텔의 조식을 즐길 수 있을 것이다. 그러나 오늘 나에게는 해야할 일이 있다.

'이 호텔 방에서 용변을 보는 것.'

그 용무를 달성하기 전까지는 오믈렛도 에그 베네딕트도 프렌치토스트도 없다.

사반세기 전으로 거슬러 올라간다. 서른이 넘고 딸이 태어나서도 아르바이트에 열중하고 있었던 나는, 그날도 오토바이로 와세다에 위치한 건설 현장으로 향하고 있었다. 들어본 적도 없는 외국계 호텔이 세워지는 모양이었다.

석재상의 일용직 일꾼으로 그날 하루의 작업을 맡은 나는, 중국에서 온 유학생 둘과 함께 시멘트에 섞을 모래를 손수레로 각 작업소에 분배하라는 지시를 받았다.

먼저 A 지점에 트럭 한 대 분량(1세제곱미터)의 모래를 내려놓았다(공원의 모래터를 가득 채울 정도의 분량이라고 생각하면 된다).

그때 현장 감독이 와서 말했다. 여기는 틀렸으니 B 지점으로 이동시키라고. 그 거리는 약 100미터. 트럭도 돌아가 버렸고 중장비도 없으니 삽으로 떠서, '고양이ㅊㅋ'라고 부르는 손수레°를 이용해 셋이 옮겼다.

○ 일본에서는 손수레를 '고양이' 또는 '고양이 차'라고도

땀에 절어 옮기기를 몇 시간. 다시 일을 끝내놓자 역시 A 지점이 맞으니 그리로 되돌려 놓으라고 말씀하신다. 어찌어찌 유학생들을 어르고 달래서 전부 옮겨놨더니 믿기 힘들게도 다시 B 지점으로 되돌려 놓으라신다.

이 시점에서 유학생 둘은 집으로 가버렸다. 무리도 아니다. 도스토옙스키가 말하는 궁극의 고문이다.

마음을 비우고 다 옮긴 뒤, 모래로 만들어진 작은 산에 있는 힘껏 삽을 내던지며 생각했다. 아니, 염원했다. 이제 아르바이트는 하기 싫다. 되도록 오늘을 마지막으로 하자. 그리고 언젠가 이 호텔의 호화로운 객실에 거대한 똥을 싸주마.

그날 이후 운 좋게도 아르바이트를 하지 않았다. 그리고 남은 염원 하나도 오늘 이루어질 참이다.

부른다. 마차나 소달구지에 비해 크기가 작아 '고양이가 끄는 듯한 작은 수레'이기 때문에, 공사 현장에서 판자로 걸쳐놓은 발판(일명 '캣워크')을 손수레가 지나가기 때문에 등 그 이름의 유래에 관해서는 여러 가지 설이 있다.

명왕이 지켜보는 아름다운 뒷간에서
생각하는 오늘 저녁 메뉴

연달아 지저분한 이야기를 하게 되어 면목이 없다.

화장실에 신이 있다는 걸 아시는지.

딱히 화장실 귀신이나 오컬트류 이야기가 아니다. 일본에는 예로부터 화장실의 신이라고 불리는 고마운 존재가 있어 우리의 배설 행위를 지켜보신다.

그 이름은 '烏枢沙摩明王'이라고 쓰고 '우스사마 명왕'이라고 읽는다. 절에서 볼일을 볼 때 주위를 둘러보라. 자기도 모르게 눈이 마주쳐서 물건이 오그라들지도 모른다. 명왕 님은 다소 터프한 모습을 하고 계신다.

그 어떤 세련된 카페라도 화장실이 지저분하면 모든 게 허사가 된다. 아무리 집의 거실을 잘 꾸며서 보여줘도 손님을 화장실에서 환멸시키기란 쉬운 일이다. 그래서 나는 틈만 나면 화장실 청소 귀신이 된다.

여기서 떠오르는 것이 '작대기의 이슬' 문제다. 남성 여러분, 당신은 소변을 볼 때 서서 싸는 파입니까, 앉아서 싸는 파입니까? 나는 단연 후자다. 청소하는 사람의 마음을 생각한다면 온열 변좌가 존재하는 한 앉아서 싸도록 하자.

그런데 작년까지 함께 살았던 아들놈은 어릴 적부터 서는 쪽 중에서도 가장 극단파였고, 남은 것을 주위에 심하게 흩뿌리는 통에 여러 차례 주의를 줬는데도 불구하고 배뇨 자세 변경을 완강히 거부했다. 밀실에서 일어나는 일이다 보니 현행범으로 붙잡아 주의를 주기도 어려워서 대책 마련에 고심했다.

그래서 그 '명왕 님'께 납셔주십사 부탁했던 것이다. 하지만 명왕 님의 동상은 쉽사리 구할 수가 없어서 가나가와현에 있는 조동종 대본사 소지사總持寺의 화장실 불상 사진을 크게 확대해 우리 집 화장실 벽에 붙였다. 효과는 직방이었다. 서 있으면 명왕과 눈이 마주치는 위치였는데, 덕분에 앉지 않아도 저절로 집중력이 높아지는지 청소 횟수가 눈에 띄게 줄었다.

깨끗한 화장실에서 큰일을 보는 시간도 실은 더없

이 행복한 한때다. 앉은 자세일 때 눈이 마주치는 건 일러스트레이터 아베 미치코 여사의 '먹보 달력'이다. 예전에 아사히카와에서 로케이션이 있을 때 신세를 졌는데, 그 뒤로 매년 달력을 보내주셔서 화장실에 걸어두고 있다.

먹보라는 단어가 붙은 만큼 매월 식욕을 엄청나게 자극하는 일러스트가 절묘한데, 내보내면서 들여 넣고 싶어지는 것이 마치 선문답 같다.

명왕과 먹보, 우리 집 화장실은 혼돈 그 자체다.

백반집 구석에 줄줄이 서 있는
우주인의 시선에도 고봉밥을 먹어 치운다

"취미라면 영화 감상 정도일까요."

세상에는 이렇게 말하는 배우가 많을 것이다. 하지만 영화를 봐도 자잘한 부분이 너무나 신경 쓰이는 나는 그 시간에 진정한 휴식을 취할 수 없다. 그래서 연간 관람 편수는 넥타이 부대 아버님들과 크게 다르지 않다.

하지만 가끔은 잠방이 차림으로 일어나자마자 '오늘은 영화라도 볼까' 하는 기분이 든다. 그래도 영화관에 가는 건 귀찮으니 거실에서 채널을 돌려댄다.

〈갤럭시 퀘스트〉. 이십 년도 더 된 B급 SF 영화.

대강의 줄거리는 이렇다. 왕년의 인기 우주 히어로물 시리즈에 나온 배우들이, 극 중의 활약상을 진짜라고 착각한 우주인들로부터 자기네 별의 분쟁을 해결해 달라는 의뢰를 받아 우주 공간으로 뛰어들어 대활약을 펼친다는 것.

웬만해서는 영화를 보지 않는 나라도 서양 영화에 코미디에 SF라면 넘어가기 쉽다. 일단 아는 사람이 나오지 않는 할리우드 영화. 나하고는 인연이 먼, 예산이 충분한 SF물.

실없이 웃겨서 끄지 못하고 계속 봤다. 그런데 이 영화에서 '배우라면 대공감'할 장면들이 나오는 통에 점차 웃지 못하게 되었다.

울트라맨이나 플래시맨 같은 특수촬영물에 출연하는 배우는 힘들 것이다. 꼬마들은 당연히 배역과 배우를 구별하지 못한다. 아이들의 환상을 깨부수게 될 테니 분장실에서도 쇼에서도 코딱지 하나 팔 수 없다.

이 영화에서도 우주인들은 배우를 진짜 전사로 믿어 의심치 않는다. 이것은 실로 딱한 일이다.

"그 음식들, 정말로 다 드시는 거예요?"

여태까지 내가 몇백 번이나 거듭 받아온 질문이다.

"맞습니다. 나온 식사는 전부 다 먹습니다."

별생각 없이 들어간 백반집에서 수북한 양에 고개

를 갸웃거리며 먹고 있으면, 식사하는 내 모습을 안쪽에서 엿보는 가게 사람들. 마치 저 영화 속 우주인들 같다. 환갑을 앞둔 내가 언제까지 가게 주인의 기대에 부응할 수 있을지 모르겠다.

영화 속 그들도 우주인의 초대에 대해, 과거의 영광을 떨쳐버리고 그건 '연기'라는 사실을 의연하게 전했어야 했다. 섣불리 '대식가'로 여겨져 다른 별에 초대받으면 어찌 되겠는가. 그런 쓸데없는 생각을 하다 보니 영화는 끝나 있었다.

우크라이나에서는 대통령을 연기한 배우가 진짜로 대통령이 되었다. 다시 한 번 말하지만 배역과 배우 본인은 완전히 별개의 인물이다. 하지만 모처럼 대통령이 되었으니 착각으로 끝나지 않는 결과를 바란다.

도쿄특허허가국° 같은 건
실제로 존재하지 않아, 다카카게

지금까지 내레이션 일도 제법 많이 해왔다. 연기와
는 달리 대사를 외우지 않아도 된다는 점과 현실을 담
은 영상에 목소리를 곁들이는 내레이터라는 위치가
내 천성에 잘 맞는지, 거절한 적은 없다.

고정으로 내레이션을 맡고 있는 NHK BS의 〈영웅
들의 선택〉이라는 프로그램은 벌써 팔 년째다. 사전에
원고를 훑어봐 두기만 하면 테스트 없이 본방송에 임
할 수 있다. 요컨대 경험치가 중요한데, 연기와는 다른
긴장감으로 마주하는 작업은 실로 즐겁다.

○ 우리나라의 '간장공장공장장'처럼 빠르고 정확하게 말
하기 놀이를 할 때 일본에서 쓰는 문구이다. '토쿄톳쿄쿄카
쿄쿠'라고 발음한다.

발음하기 까다로운 단어나 말하기 어려운 문구도 이제는 거의 극복했구나, 하며 자만하고 있었다. 그런 데 말이지, 요전에 어느 스포츠 방송의 내레이션에서 나온 '지금까지 키워온 제자가'라는 간단한 한 줄, 어라, 그걸 말할 수 없었다. 씹었다. 또 해봐도 씹었다. 몇 번쯤 반복하다가 늪에 빠지고 말았다. 사전에 연습해 봤을 때는 아무런 문제가 없었는데.

지금은 일반 독자나 시청자도 '씹는다'라고 하면 무슨 뜻인지 알 것이다. 혀가 잘 돌아가지 않아 발음이 꼬이고 말이 제대로 나오지 않을 때 '씹는다'라고 한다는 것을.

영화나 텔레비전처럼 편집할 수 있는 장르라면 NG로 처리하기 때문에 세상에 드러나는 일은 없다. 하지만 연극이나 생방송에서는 '씹었다'는 사실이 보는 사람들에게 즉시 공유된다.

요컨대 없었던 일로 만들 수 있는 '씹음'과 그러지 못하는 '씹음'이 있는데, 후자의 경우 작품 자체를 망칠 때도 있다. '씹어서' 동요한 배우는 '씹은' 것을 반성하다가 또다시 '씹는다'. 그 상대 배우는 그걸 보고 웃다가 다음에는 자기가 '씹는다'. 눈 깜짝할 사이에

'썹기썹기 연쇄'가 시작되어 무대 자체가 형편없어질 때도 있다. 실제로 벌어지는 일이니 무섭다.

편집할 수 있는 드라마의 세계에서도, 아무리 용을 써봤자 대사가 제대로 나오지 않아 촬영 현장을 엄청나게 지연시킬 때가 있다. 꽤 오래전 이야기지만 "아직이다, 다카카게."° 이걸 말할 수 없었다. 날뛰는 고바야카와 다카카게 장수를 제지하는 한마디인데, 홍분한 상태로 말하는 건 난이도가 높다.

앞서 이야기한 내레이션은 마지막에 재녹음을 부탁해 없었던 일로 만들 수 있었다.

사실은 '마쓰시게'라는 나의 성도 발음하기 어려운 편이긴 하다. 언젠가 여성 아나운서가 쩔쩔매는 모습을 본 적이 있다.

° '마다다, 다카카게'로 발음한다.

결코 고독하지 않은 '팀 고독'은
감독 옆으로 동그랗게 둘러선다

연극이라면 앙코르 공연, 영화라면 속편, 드라마라면 시즌 2라는, '두 번째 미꾸라지 노리기'°는 떳떳하지 않다고 생각하며 살아왔다. 그렇지만 〈고독한 미식가〉는 무려 시즌 8에 이르렀다. 햇수로 팔 년, 등장한 식당은 백 군데가 넘는다.°°

식당은 전부 드라마 스태프가 자신의 다리와 위장

° "버드나무 아래에서 두 번째 미꾸라지를 노린다"라는 일본 속담의 줄임말. 우연히 버드나무 아래에서 미꾸라지를 잡았다고 그곳에 항상 미꾸라지가 있는 것은 아니라는 뜻에서, 성공을 거둔 사람이나 과정을 똑같이 따라 하는 상황에 쓴다.

°° 〈고독한 미식가〉는 2022년 시즌 10으로 시리즈를 마무리했다.

으로 찾아온다. 처음에는 드라마가 유명하지 않아서 거절당했지만 요즘은 방송 뒤의 혼란이 우려되어 거절당한다. 지금이야 아시아 각국에서 가이드북을 손에 들고 몰려올 정도이니, 나도 한 번 더 먹고 싶은 식당은 방송 전에 몰래 재방문하는 수밖에 없다.

그런 드라마를 떠받치는 우수한 스태프진을 '팀 고독'이라고 부른다. 팔 년 전에는 열 명도 안 되었지만 이제는 서른 명에 가까운 편성으로 성장했다.

팀 고독의 리더는 총감독 미조구치 씨. 술고래에 회식을 좋아하는 그의 지휘 아래, 숙박이 필요한 로케 현장에서는 '고독'과는 동떨어진 떠들썩한 술자리가 펼쳐진다. 회식만으로는 성에 차지 않아서 탁구에 다트, 볼링, 선상 파티까지 투입된다.

그렇다 해도 드라마의 핵심인 식당 물색에서는 팀 고독의 진가를 발휘해, 지방이나 해외의 단기 로케이션 헌팅에서도 드라마 분위기에 잘 맞는 맛있는 가게를 찾아낸다.

특히 미조 씨의 개에 견줄 만한 후각과 미각은 일품이었다. 식당 사람들의 마음을 단단히 움켜쥐는 호감가는 성품 역시 그의 진면목이었다.

하지만 그런 그의 가게 선택에는 한 가지 문제가 있었으니, 메뉴가 술안주 일색이 되는 경우가 많다는 것이다. 맥주를 한 손에 들고 이거 맛있군, 저것도 맛있네, 하다 보면 온갖 술안주가 총출동한다. 드라마 속에서는 술을 못 마신다는 설정인 이노가시라 고로가 "맥주 주세요" 하고 몇 번이나 외쳤던가.

미조 씨에게는 여러 가지로 억지도 부렸다. 연례행사가 되어가던 〈고독한 미식가〉 생방송 파트도 예능으로 단련된 미조 씨만이 할 수 있는 일이었다.

시즌 8에서도 이것저것 주문하고 부탁했다. 그러나 당시 사전 미팅을 하려는 날을 앞두고, 미조 씨는 갑자기 불귀의 객이 되었다. 전날까지 쾌활하게 술을 마셨다고 한다.

아버지인 미조 씨를 잃은 '팀 고독'은 망연자실했다. 방송을 끝낼 기미도 언뜻 내비쳤다. 하지만 그 자식인 AD들이 뜻을 이어받겠다고 선언했다.

자, 미조 씨. 니혼슈를 한 손에 들고 저쪽 세상에서 지켜봐 줘. 부탁하네.

만두귀가 되고 싶지 않은
스모 애호가 유도인의 서투른 배트 연습

도쿄 올림픽 티켓팅도 줄줄이 실패해 버렸고, 2021
년 여름에는 어차피 드라마 촬영 같은 건 안 하고 있
을 테니 '누워서 지내는 설날寝正月'°이 아니라 '누워서
보는 올림픽寝五輪' 기간을 보내볼까, 하고 있었다.

아니, 잠깐만. 개최국과의 시차가 없으니까 한밤중
이나 아침의 열광도 없다. 그건 그것대로 좀 쓸쓸한데.

이렇게 불평을 늘어놓았지만 2019년 말까지는 도
지사 일이 산더미처럼 쌓여 있으니 태평한 소리를 늘
어놓을 수 없다. 드라마 〈이다텐〉°° 이야기다. 〈이다

° 설 연휴를 감기 등으로 앓아 누워 지내거나 집에만 틀어
박혀 늦잠 자며 지내는 것을 일컫는 말.
°° 1964년 도쿄 올림픽 유치에 관한 대하드라마. 저자는

52

텐)이 뭔지 모르는 사람은 VOD로 봐주시기를.

어릴 적부터 구기 종목에 재능이 없었던 나는 오직 '스모'에만 흥미가 있었다. 그 외의 다른 스포츠에 관심이 생기는 경우는 드물었다. 그래서 중학생 때도 고등학생 때도, 학교에 스모부가 없어서 어쩔 수 없이 유도부에 들어갔던 것이다.

입단한 이상 유단자가 되기는 했지만 융통성이라고는 찾아볼 수 없는 유도라는 종목을 선택한 것을 몇 번이나 후회했다.

야구나 축구를 비롯한 대부분의 스포츠는 나이를 먹어도 경기를 할 수 있고, 반쯤 놀이 같은 즐거움도 겸비하고 있다. 잘하는 녀석은 좀 멋있다. 게다가 인기도 좋다.

야구나 축구의 팀플레이는 영화 제작과 비슷하다고 큰소리치는 무리도 있다. 엄청나게 질투가 나는 부분이다.

반면 유도는 어떤가. 졸업한 뒤로는 유도복을 입고 매트 위에 서본 기억이 없다. 너무나도 수수한 개인 경

당시의 도쿄 도지사 역을 맡았다.

53

기. 부상을 입을 위험이 있으니 나이 먹은 다음에 하는 사람은 압도적으로 적다. 게다가 중요한 게 생각났다. 유도는 지독하게 구린내를 풍긴다.

영화나 드라마의 액션은 유도와 달라서 전혀 활용할 수 없다. 일단 선수처럼 퉁퉁 부은 '만두귀'가 되면 배우로서의 역할도 한정된다.

얄궂게도 이런 나에게는 한때 야구선수였다는 설정을 가진 역할이 많이 들어온다. 그런 역을 맡을 때마다 야구 연습장에서 배트를 휘두르는 연습을 해보는데, 아무리 용을 써도 폼이 그럴싸해지지 않는다.

촬영 현장에는 한때 야구 소년이었던 스태프가 꼭 있어서 이런저런 지도를 해주지만, 격투기에 길든 나의 몸은 야구 배트를 받아들이지 않는다.

그들은 모두 백기를 들며 감독에게 카메라 워크로 눈속임을 하자고 조언한다.

유도하길 잘했다는 생각이 들 만한 역할이 과연 있을까. 유도 선수 가노 지고로 역할 말고는 떠오르지 않는다. 심지어 그건 야쿠쇼 고지 배우가 훌륭하게 연기해 냈다. 타의 추종을 불허할 정도로.

드라마 〈유도 외길〉에서 주인공의 스승으로 나오는

구루마 슈사쿠는 어떤가. 그런 스포츠 근성을 다룬 작품은 요즘 시대에는 흥행하지 않겠지. 올림픽을 보면서 그런 시나리오에 대한 상상이나 해볼까.

홍백가합전 방영 시간에 홀로 새해를
맞이하는 분들과 함께 식사하고 싶다

"벌써 연말이구나."

또다시 이 말을 내뱉는다. 세월이 흘러가는 속도는
새삼 화제로 삼고 싶지도 않고, 요즘의 나는 손톱이 자
라는 속도도 이상할 정도로 빠르다.

우리 배우들은 예능인이 아니기 때문에 연말연시에
는 기본적으로 일이 없다. 일본인은 한 해를 마무리하
는 시기를 중시하므로 다음 해에 걸쳐진 작품도 적다.
그러자 어떤 현상이 일어나는가 하면, 12월이 시작되
기가 무섭게 그해의 일이 종료되고 만다. 이것도 한가
한 배우였던 나의 이야기일 뿐이겠지만.

〈고독한 미식가〉 특별편을 연초에 하게 되면서 연
말은 조금 바빠졌다. 그런데 삼 년째 되던 해에 방영일

을 섣달그믐날로 바꾸라는 지령이 내려왔다. 심지어 전 국민이 보는 연말 가요 방송인 〈홍백가합전〉을 하는 바로 그 시간에. TV도쿄°는 이 시간대의 시청률을 버렸구나 싶었다. 그렇다면 필살기를 보여주마. 그렇게 모두 함께 생각해 낸 것이 섣달그믐날의 생방송이었다.

옛날 드라마는 모두 생방송. VTR(비디오테이프 레코더)이 생겨나기 전에는 실시간으로 연기를 해서 중계하는 수밖에 없었다. 물론 나도 경험이 없지만 상상만 해도 무섭다. 대사를 까먹거나 씹어도 수정할 수 없고, 종료 시각도 정해져 있으니 시간이 부족하면 말을 빠르게 내뱉어야 하고 남으면 무언가로 메워야 한다.

〈고독한 미식가〉의 경우 전편 생방송은 어려우니 마지막 십 분만 라이브를 하기로 했다. 이에 더해서, 생방송 느낌을 내기 위해 떠들썩한 새해 참배객들 속에서 〈홍백가합전〉을 보며 식사를 하면 어떠냐는 의견이 나왔다.

하지만 예상대로 〈홍백가합전〉을 방영하는 NHK

° 〈고독한 미식가〉를 방영하는 방송국.

의 허가가 떨어지지 않았기 때문에, 고육지책으로 휴대 기기로 방송을 보고 있는 손님에게 〈홍백가합전〉을 실황 중계해 달라고 하면서 밥을 먹는다는 방법으로 결정 났다.

음식을 토해내 방송 사고를 일으키는 일도 없었고, 썩 화젯거리도 되지 못한 채 첫해는 지나갔다.

이듬해에도 섣달 그믐날 방송을 지시받아 생방송 분량을 늘리는 방향으로 이야기가 진행되었다.

이때 배우 겸 코미디언 이토 시로 씨에게 도움을 요청했다. 우리 세대의 생방송 드라마라 하면 〈무 일족〉이다. 버선 가게 '우사기야'의 주인을 연기하셨던 이토 씨에게 당시 생방송의 추억을 들으면서, 섣달 그믐날 밤 누구보다 늦게 한 해의 일을 끝낼 수 있다는 행복을 음미하며 두 번째 생방송을 마쳤다.

두 번 있는 일은 세 번도 있다더니, 2020년에도 세 번째 연말 생방송 드라마를 할 예정이었다.

그러나 생방송을 연출할 수 있는 미조구치 감독의 급서로 아쉽지만 라이브도 마지막이 되었다.

올해는 집에서 평범하게 〈홍백가합전〉이라도 볼까.

가발을 벗고 목욕탕에서 나와
만간지고추의 달콤함을 배운 밤에

쉬는 날이 생겨 맛있는 것이 먹고 싶어도 '그렇지, 교토에 가자' 하는 마음이 들지 않는 데는 이유가 있다.

애초에 나에게 교토는 시대극을 촬영하러 가는 곳이다. 옛날에는 도쿄 근교에도 오픈 세트가 있어서 전통머리 전문가에 의상 담당자, 소도구 담당자 등 사무라이물 전문가들이 상주했던 모양이다. 지금은 공영방송인 NHK가 아니면 관동 지방에서 칼싸움 장면을 찍을 수 없다고 생각하는 편이 좋다.

이십 년쯤 전의 교토 촬영소는 무서운 곳이었다. 그렇다는 소문이 에도° 일대에 널리 퍼져 있어서 가기

○ 도쿄의 옛 이름.

전부터 공포심을 부추겼다.

일단 촬영 시스템이 무시무시하다. 왕복 신칸센비가, 무슨 이유인지 세금 10퍼센트를 뺀 금액밖에 지급되지 않는다. 그리고 숙박비는 당시 1박 4000엔에서 10퍼센트를 제한 금액, 즉 1박당 3600엔 제공.

그런 숙소는 당시에도 없었을뿐더러, 찾는 것도 본인이 직접 해야 한다.

지금은 없어진 촬영소 근처의 'T'라는 숙소는 그 금액으로 간신히 묵을 수 있었지만, 욕조와 침대에 몸이 다 들어가지 않았다.

로케 현장으로 향하는 날 아침, 촬영소에서 분장을 하고 상투 가발을 쓰고 사무실에서 점심 도시락을 받는다. 현금 800엔과 맞바꿔서.

로케 현장에 도착하면 갑옷과 투구를 걸치기 전에 도시락을 안전한 곳에 보관해 둬야 한다. 그렇지 않으면 겨울에는 얼고 여름에는 상한다.

또 촬영 중 쉬는 날이 생겨도 중간에 사흘 이상 비지 않으면 도쿄로 돌려보내 주지 않는다. 기타 등등 도쿄의 안온한 환경에 익숙해져 있던 배우들에게는 이해하기 힘든 일이 수두룩했다.

게다가 교토 촬영소에는 전속 배우가 아주 많았다. 커다란 대기실을 함께 쓴다고 해서 그분들을 속칭 '큰 방'이라고 부르는데, 다들 무서운 모습을 하고 계셨다. 난투 장면에서 실수하면 간사이 사투리로 혼났다.

솔직히 말해 진심으로 집에 가고 싶었다. 일 따위는 아무래도 상관없었다.

하지만 그럴 수도 없어서, 호텔 욕조에 다 들어가지 않는 몸과 마음을 촬영소 1층의 공중목욕탕에서 씻어 냈다.

그곳은 '큰 방'을 위한 목욕탕이었다. 이름이 붙어 있는 배역을 맡은 배우는 거의 안 오는 모양이었다. 나를 보고는 도쿄에서 온 녀석이 있다며 다들 재미있어 했다. 흔히 말하는 '가릴 것 없는 사이'가 되어, 얼마 지나지 않아 술도 함께 마시러 갔다.

지금은 교토의 촬영 시스템도 상당히 개선되었다고 들었다. 그래도 그때의 촬영소 분위기가 왠지 그립다.

굳이 교토에 놀러 간다면, 촬영소에서 목욕을 한 번 하고 '일본의 할리우드'라고 불리는 우즈마사의 대폿집에서 한잔 걸치고 싶다.

처음에는 굿이지만
피부는 외래어보다 한자를 원했다

처음에는 정말로 주먹グー이 필요한 걸까.

갓 상경한 무렵, 가위바위보 앞에 "처음에는 주먹"○
이라는 구절을 붙이는 것에 놀랐다. 일시적인 유행인
가 했지만 오늘도 현장에서 남은 간식을 둘러싸고 스
태프가 이 주문을 외쳤다. 거두절미하고 가위바위보
부터 말해도 되잖아.

정신 차리고 보니 피부과 진찰권만 늘어 있었다.

아마도 평생 다시 가지 않을 하코다테시나 구마모
토시의 피부과 진찰권 등 어지간히 많은 매수를 버리

○ 일본에서 가위바위보를 하기 전, 서로의 리듬을 맞추기
위해 외치는 말.

지 못하고 모아두었다.

입는 것, 신는 것, 몸에 걸치는 여러 가지 것들을 빌리는 데서 시작하는 이 직업. 상황에 따라서는 거지 분장을 하고 온종일 지내는 경우도 있다. 그런 물건이 몸에 닿으면 내 피부는 민감하게 반응하는 모양인지 호텔 욕조에서 격렬하게 긁게 된다.

시대극 의상 역시 압박이 심해서, 갑옷을 입고 전투를 벌인 날 밤에는 칼에 찔린 상처가 아니라 원인 불명의 두드러기로 몸부림친다. 잘 때도 무의식중에 긁어대는지 다음 날 피투성이가 되어 호텔 근처의 피부과로 달려가고는 한다.

또 이 직업에는 여름 장면을 한겨울에 찍는 경우가 간혹 있다. 추운 시기에 얇은 여름옷 차림으로 벌벌 떨면서 빙수를 먹을 때도 있는 것이다. 다운재킷으로 추위를 막고 있는 스태프를 원망스럽게 쳐다보면서.

하지만 '히트 어쩌고'라는 내복의 등장이 우리를 혁명적으로 구해줬다.

'슈퍼'라느니 '울트라'라느니, 그런 글자가 붙어 있는 용사들에게 빠짐없이 도움을 청했다.

그런데 말이다, 나의 연약한 피부가 이 조력자들의

도움을 거부했다. 딱 붙게 입은 것도, 꼭 죄어 입은 것도 아닌데 마찬가지로 부어올랐다. 어째서냐. "처음에는 굿グー"°이었는데.

한 의상 담당자가 나에게 화학 섬유를 입지 말라고 조언했다. 속옷 성분표에 가타카나°°가 표기된 제품은 혼신의 힘을 다해 골라내야 한다는 것이다. 다시 봤더니 그 용사들은 100퍼센트 가타카나만으로 이루어져 있었다.

면이나 삼베나 비단처럼 유래를 아는 소재라면 피부의 반응이 진정될지도 모른다. 찾아보니 있었다, 한자 100퍼센트로 이루어진 내복이.

그중에서도 털로만 만든 녀석은 엄청나다. 무적이다. 전혀 가렵지 않았다. 하지만 비싸다.

이후 피부과에는 가지 않았다. 초진료와 약값이라고 생각하면 옷값에 납득이 간다. 피부 때문에 고민인 분들은 시도해 보시기를.

○ 일본어 '구グー'에는 '주먹'이라는 뜻과 '굿Good'이라는 뜻이 있다.
○○ 외래어를 표기할 때 많이 쓰며, 여기서는 폴리에스터나 나일론 같은 화학 섬유를 말한다.

한마디 해두자면
배우는 점으로 만들어진 게 아니야

오다큐선 교도역 바로 앞 지하에 있는 〈아날로그〉
라는 바의 주인인 오쿠 짱은 나의 오랜 친구다.

지금까지 쭉 밴드맨이었던 그가 가게를 낸 것은 오
십 대 하고도 중반이 지난 뒤였다. 가게에는 레코드와
턴테이블, 그리고 기타 몇 대가 놓여 있어서 홍이 오르
면 다 함께 와자지껄 노래를 부른다.

녀석도 함께 까불어대기 때문에 술자리가 파하는
무렵이면 곤드레만드레가 되어, 계산 같은 건 하는 둥
마는 둥 한다. 밤늦은 시간에 들여다보면 바닥에서 자
고 있을 때도 있다. 하지만 오래전 무제한으로 탈 수
있는 '청춘18 티켓'으로 놀러 간, 녀석의 본가가 있는
야마가타현 자오의 진미珍味를 맛보여 주기도 하니 얄

볼 수 없는 가게다.

요즘은 젊은 뮤지션이 직접 만든 '레코드'를 건네주는 경우가 많아졌다. CD가 아니라 인터넷과 아날로그로 신작을 발표하는 모양이다. 디지털로만 음악을 들어온 세대가 레코드판 홈 진동의 심오함에 눈을 뜬 건지도 모른다. 우리 집에서도 팔지 않고 남겨둔 아날로그 음반이 발 빠르게 주목받고 있다.

손목시계 역시 마찬가지다. 1970년대의 '쿼츠 쇼크'로 기계식 손목시계 회사는 도산의 위기에 직면했지만 천만에, 지금은 옛날에 만들어진 앤티크 제품이 고가에 거래된다. 시계 뒤판 안쪽에서 째깍째깍 움직이는 기계에 꼼짝없이 넋을 잃는 것도 나뿐만은 아니지 않을까.

영화 촬영 현장에서도 필름이 돌아가는 경우는 드물어졌다. "롤링, 액션" 하는 구령에 맞춰 연기를 시작하긴 하지만, 기록 매체는 회전roll 따윈 안 한다.

솔직히 말해, 컷 하나가 짊어지는 무게감이 사라졌다고나 할까.

무대 인사에서 뒤쪽 동선으로 영화관 영사실을 지날 때도, 그 거대한 롤이 돌아가지 않는 쓸쓸함과 영사

기사라고 불리는 고독한 장인들이 사라진 슬픔을 생각한다.

음악과 시계의 세계에서 복권을 이룬 아날로그 제군들. 스마트폰에 쫓겨나고 있는 카메라와 영상의 세계에서도 반드시 아날로그 회귀가 일어날 거라고 믿으며, 얼마 전에 산 필름카메라를 애지중지한다.

눈이 즐거운 파인더와 귀가 즐거운 셔터 소리. "휴우, 못 참겠군" 하고 침을 흘리며, 교도역 지하 술집에서 오쿠 짱을 상대로 '아날로그'적인 밤을 보낸다.

안드로이드는 하카타 부들부들 우동의 꿈을
꿨는가, 안 꿨는가

2020년이라는 소리를 듣고 놀란 건, 이미 현실이 영
화 〈블레이드 러너〉의 세계를 뛰어넘었기 때문이다.

드론은 날아다니지만 하늘을 나는 탈것으로 인한
교통 체증은 아직 일어나지 않았고, 아시모° 군이나
페퍼°° 군을 보긴 했지만 뢰허르 하우어르 같은 인조
인간의 습격을 받은 적은 없다.

그러나 스크린에 거대하게 떠오른 위장약은 지금도
역 앞 약국에 진열되어 있고, 로스앤젤레스를 뒤져보
면 우동 포장마차 하나쯤은 있을 것이다.

○ 일본에서 개발한 세계 최초의 이족 보행 로봇.
○○ 일본에서 개발한 감정을 인식할 수 있는 인간형 로봇.

그렇다면 당시 충격적이었던 오프닝에서 해리슨 포드는 무슨 우동을 먹었을까.°

영화가 개봉한 1982년 무렵의 도쿄에서 서서 먹는 소바집에 셋방살이 형태로 동거했던 '우동'. 그때 우동은 소바의 맛국물에 적셔지는 굴욕적인 취급을 당해 새하얗고 부드러운 살갗이 흉하게 까매지고는 했다. 우동은 그 정도로 소바 문화권에서 비주류였던 것이다.

그 뒤 사누키 우동의 전무후무한 쫄깃쫄깃 유행을 거쳐, 이제는 하카타 부들부들 우동의 시대가 도래한 듯하다. 하카타 우동은 부드러워서 입술로도 끊을 수 있다. 그렇다고 탄력이 없는 것도 아니다. 토핑은 우엉튀김이 주목받고 있지만 나는 어묵튀김도 추천하고 싶다. 〈블레이드 러너〉의 감독 리들리 스콧이 언젠가 오게 될 하카타 우동의 시대를 염두에 두고 해리슨 포드에게 어묵튀김을 얹은 하카타 우동을 먹였다면 감개무량할 것이다.

그 시절 SF 영화와 나란히 뜨거웠던 것이 게임이다.

° 〈블레이드 러너〉에는 일본의 위장약 '강력 와카모토'의 광고가 전광판에 나오는 장면과 주인공인 릭 데커드(해리슨 포드 분)가 우동을 먹는 장면이 있다.

그중에서도 롤플레잉 게임의 인기는 대단했다.

전원을 끄기 전에 '부활의 주문'이라고 불리는 오십 글자를 무작위로 연필로 옮겨 적지 않으면 게임기를 리셋할 수 없었던 시대. 그런 아날로그 작업을 강요하는, 성긴 점으로 이루어진 디지털 놀이에 열광했다.

그로부터 수십 년이 지난 지금, 오랜만에 했다, 〈드래건 퀘스트〉 열한 번째 시리즈. 이야, 게임의 진화는 굉장하다. 예전에는 점 덩어리로만 보였던 등장인물이 정말이지 실감 나는 애니메이션으로 부활해 생생한 마물을 죽음으로 몰아넣는다. 시나리오는 변하지 않았지만 비주얼의 변화는 격렬하다.

〈스타워즈〉도 이렇게까지 진화하지는 않았다. 영화보다 게임의 변화가 장난이 아니라는 사실을 실감하며, 젊은 시절 언젠가는 〈스타워즈〉 제작진에게서 출연 제안을 받지 않으려나 상상했던 중년의 남성은 그 시리즈의 마지막까지 연락이 오지 않아 눈앞의 가상 세계에서 상처받은 마음을 치유한다.

"일단은 베호이미°."

○ 〈드래건 퀘스트〉 시리즈에 등장하는 '회복 주문'.

모처럼 결혼 축하 선물로 스키야키 냄비를
보냈으니 헤어지지 말아줘

　오랜 세월 신세를 진 '청색신고회'º 분께 세무사를
소개받았을 때의 일이다. 아내와 나란히 사무소에 가
서 우리 같은 직종도 맡아주실 수 있는지 여쭈었더니,
오랜 생각 끝에 담당해 본 적은 없다고 대답하며 구체
적으로 어떤 일이냐고 물었다.
　새삼 그런 질문을 받고 나도 할 말을 찾지 못해 머
뭇거리고 있었더니, 담당자가 "튀김용 기름을 다시
연료로 만드는 것 같은 일이라고 생각해도 되겠습니
까?"라는 것이었다.

　º 청색신고(납세자가 법인세나 소득세의 과세 표준과 세액을 자
　진 신고하여 납세하는 것)를 하는 사람을 도와주기 위한 세무
　관련 민간단체.

얼굴이 생명, 팔려야 비로소 가치가 생기는 '배우업'. '폐유업'으로 착각당하는 그런 익명성도 나쁘지 않다.°

초밥이나 튀김과 달리 집에서 먹든 외식을 하든 딱히 차이가 없다는 생각에, 스키야키를 식당에서 사 먹은 적은 별로 없다.

호사스러운 음식이지만 그때그때 경제 상황에 맞추어 값비싼 고베 소고기부터 100그램당 98엔짜리 특가품인 수입 소고기 자투리까지, 충분히 스키야키 재료로 넣을 수 있다.

그렇다면 스키야키의 목적은 역시 주인공인 소고기를 먹기 위함이냐고 묻는다면, 나는 아니라고 대답하련다. 흐물흐물해진 대파도, 국물이 푹 배어든 구운 두부도 아닌 '우지牛脂'라고 조용히 중얼거리겠다.

메뉴판에도 식단표에도 실릴 일 없는, 다시 말해 엔딩 크레디트에도 올라가지 않는 조연. 정육 코너 위쪽 선반에 조그맣게 개별 포장되어 있을 뿐, 가격표조차

○ 일본어로 배우俳優는 '하이유우(장음)', 폐유廢油는 '하이유(단음)'로 발음한다.

안 붙어 있지만 결코 빠트릴 수 없는 '우지'. 하얀 소기름 덩어리인 그는 사실 프롤로그부터 등장한다.

가극 〈스키야키〉는 그가 예열된 냄비에서 춤추는 장면부터 시작된다. 주인공들이 날뛰는 동안에도 그는 냄비 바닥에서 무대를 떠받치며, 담백한 연기를 펼치는 야채들에게 풍미를 덧씌운다.

마지막 무렵에는 극에 녹아들어 커튼콜에서는 그의 모습이 관객에게 보이지 않는다.

하지만 나는 중반 2막의 시작 무렵 군중 속에서 그를 찾는다. 조금 야윈 모습으로 양념 국물에 검게 물들어 가면서도 마음은 순백인 그에게 스포트라이트를 비춘다. 주위 사람들이 눈살을 찌푸려도 달걀물을 묻혀 입으로 가져와 천천히 꼭꼭 씹는다. "맛있어~~!"

소기름은 잘 모르겠지만 튀김용 기름이라면 재활용해서 다시 연료로 만들 수 있다. 화석 연료가 끝없이 나오는 것도 아니니 다음 세대를 위해 폐유에서 미래를 창조해야 한다.

이렇게 잘난 척 말했지만 나는 그저 배우일 뿐. '폐유'라는 말을 듣지 않도록 열심히 '기름'을 먹고 힘내야지.

대기 시간에는 카메라를 향해
무의미한 음담패설을 연발한다

.

요코하마 시영지하철 블루라인의 센터키타역 개찰
구 안쪽에 있는 남자 화장실 '면대'는 내가 시공했다.

면대라는 건 남성이 소변을 볼 때 가방 등의 짐을
눈앞에 잠시 올려둘 수 있는 선반 같은 것이다. 과신하
면 방뇨 중에 가방이 미끄덩 떨어져서, 제어 불능이 된
물줄기가 온갖 것을 노랗게 적시기 전에 필요한 바로
그것을 말한다.

석공 견습생 시절, 현장 감독의 일임을 받아 바로 내
가 부착 공사를 했다.

지금도 어쩌다가 이 역을 지날 때면 요의가 없어도
작품의 육안 검증을 게을리하지 않는다. 돌에 금은 안
갔는지, 줄눈이 벗겨지지는 않았는지, 가방을 올려둬

도 더러워지지 않는지.

어쩌면 형태로 남는 일을 남몰래 동경하는 것인지도 모른다.

'허업虛業.' 명확한 형태를 남기지 않는, 배우라는 직업을 가진 우리는 지진이나 바이러스와 같은 유형무형의 위험 앞에서 무력하다. 폐쇄나 자숙이라는 단어 앞에서도 어찌할 도리가 없다. 그것은 그것일 뿐, 이이상의 언급은 피하련다. 어차피 실체 없는 생업이다.

대사는 말한 순간 사라지면 된다. 그것이 이 일이니까. 하지만 나는 단순히 감독의 '오케이'가 듣고 싶어서 이 일을 하는 것 같기도 하다. 문제는 공기처럼 사라져 버리면 될 이 일도 DVD나 블루레이로 변환되어 형태로 남겨진다는 것. 발매가 되면 감사하게 받는 것이 관례지만, 어떻게 하면 좋을지 매번 고민에 빠진다.

사람에 따라서는 거듭 다시 보는 배우도 있을 것이다. 하지만 나는 보지 않고, 앞으로도 볼 계획이 없다. 이런 분위기 깨는 발언에 실망하시더라도 어쩔 수 없지만, 무의미한 반성은 하지 않는 성격인지라 과거의 작품은 일절 보지 않는다.

그렇다면 문제는 쌓여만 가는 원반들을 어떻게 할

것인가, 이다. 옥션에 내놓아 용돈벌이를 꾀하려 해도, 본명으로 일하고 있으니 호된 꾸지람을 들을 것이 뻔하다. 내가 죽은 뒤 후손이 고마워할 유산도 아니다. 역시 살아 있을 때 처분해야겠다. 그나저나 엄청 두꺼운 녀석도 있다. 비하인드 영상 같은 게 부록으로 들어 있기 때문이다. 비하인드 영상 말인데, 그런 무대 뒷모습 같은 건 관객에게 보여줘서는 안 됩니다요.

요즘은 그걸 담기 위한 메이킹 카메라 때문에 촬영 대기 시간에도 마음 편히 쉴 수가 없다.

그럴 때는 방송 금지 용어와 업계 폭로담을 큰 소리로 연발해 영상을 못 쓰게 만든다. 그로써 스태프들은 물러나지만, '정말이지 미움받는 할배가 되었구나' 하며 자기혐오에 빠지고 말았다.

그대가 꼭 친구라고 할 수 없고
사진도 언제나 찍히는 쪽이라고 할 수 없다

　한낮이 지난 도심 공원, 오후 촬영까지 시간이 비어
벤치에서 쉬고 있었다.
　여름이라고는 하지만 도시의 나무 그늘은 바람만
불어오면 상쾌하다. 한 시가 지나면 행인도 드물어지
고, 새들의 지저귐에 눈꺼풀도 무거워진다. 꾸벅꾸벅
졸기 시작한 그때, 누군가가 말을 걸어왔다.
　"실례지만 사진 좀 찍어주시겠어요?"
　촬영 현장에서나 이동 중에는 간혹 거절할 때도 있
지만, 이 상황에서는 거절할 이유를 찾을 수 없다. 의
상을 입고 있으니 SNS에 올리지 않도록 당부해 두면
문제는 없겠지, 하고 봤더니 순박해 보이는 커플이다.
벤치에서 일어나 가볍게 옷 주름을 펴고 자세를 잡는

다. 지극히 자연스럽게 피사체의 자세를 취하자 나에게 스마트폰을 건넨다.

"부탁드립니다."

두 사람은 분수를 배경으로 포즈를 취했다. 나는 찍는 쪽이었다. 순간적으로 혼동해서 다른 버튼을 눌러버린 탓에 스마트폰이 멈췄다. 쓴웃음을 지으며 남자에게 달려가 조작 방법을 다시 알려 달라고 청한다. 자의식에서 솟아난 겨드랑이 땀이 셔츠를 타고 흐른다.

동료 배우가 반사회적 세력°과 둘이서 찍은 사진으로 협박당했다는 이야기를 들었다. 같이 사진을 찍어 달라고 요청받을 때 상대의 신분이나 신원을 따져 묻는 건, 호감도를 중시하는 우리로서는 저지를 수 없는 무례다. 그렇다고 함께 찍을 사람을 겉모습으로 선별해 내는 배짱을 지닌 자도 별로 없을 것이다. 엉뚱한 오해를 피하기 위해, 둘이서는 사진을 찍을 수 없다는 것을 널리 알려둘 필요가 있을지도 모르겠다.

'반사회적 세력분들'이라는 답답한 표현은 하지 않

○ 폭력단 등의 범죄 조직을 말한다.

앗던 옛날, V시네마°나 그 비슷한 종류의 영화에서는 분명 그런 분들께 협력을 우러러 청했다. 그분들은 밤의 번화가 같은 로케 현장이 원활하게 진행되도록 힘써주시기도 했고, 개중에는 배우로 참여하고 싶다고 말하는 두목님도 있었다. 어느 날 현장에서 준비를 하고 있을 때, 험상궂은 분들께 둘러싸인 한 노인이 엑스트라 대기실로 들어왔다. 평범한 사람이 아닌 엑스트라만큼 성가신 존재는 없다. 그분에게 묘하게 신경을 쓰면서도, 나는 극 중 야쿠자로서 기세 좋게 대사를 외쳤다.

"컷!"

촬영이 끝난 뒤 그 엑스트라가 다가와 속삭였다.

"형씨, 연기 좋더구먼. 진짜 같았수. 같이 사진 찍을까?"

그런 연유로 경직된 미소를 띤 나의 사진에 무슨 문제라도 있을까?

○ 극장 개봉을 전제하지 않는 렌탈 비디오 전용 영화.

순간적으로 거짓말을 한
마음의 동요도 보정할 수 있을까

사진은 스마트폰으로 찍는 것이 당연해졌지만 굳이
카메라를 고집하고 싶다. 카메라도 디지털보다 차라
리 필름으로 도전하고 싶다.

한판 승부. 그 점 또한 좋다. 예전에는 한 장 한 장에
심혈을 기울였지만, 그래도 현상해 보면 '거칠고 흔들
리고 흐릿해서' 괴로웠다.

거칠고 흔들리고 흐릿한 스타일로 유명한 스냅 사
진 작가 모리야마 다이도의 경지까지 아직 먼 우리에
게는 적어도 '손 떨림 보정'이라도 있었으면, 하고 한
숨을 내쉰다.

가끔은 배달 요리라도 시키자. 아니, 포장 음식으로
끝내자. 아니, 아니, 지금은 딜리버리라고 해야 하나.

이렇게 말하기는 했지만 우버 어쩌고는 우리 같은 신참 고령자에게 거부감이 든다. 소바 가게 견습생이 배달해 준다면 괜찮지만, 자전거를 탄 일면식도 없는 젊은이가 한 손에 스마트폰을 들고 돈가스덮밥을 우리 집으로 가져오는 것은 조금 꺼림칙하다.

심지어 요즘 시대에 '견습생'은 존재하지 않으므로 알바생이 오토바이로 음식을 갖다 준다. 배달용으로 널리 쓰이는 혼다의 오토바이 '슈퍼 커브'를 정차시키고 스탠드를 세우는 소리, 그런 다음 뒤쪽에 있는, 오토바이의 진동을 완충해 주는 스프링이 달린 배달통 끼우개의 잠금 장치를 푸는 소리. 드디어 왔구나. 이 일련의 소리들이 식욕을 증진시킨다. 아니, 잠깐만. 내가 초등학생일 때도 있었던 저 스프링 군은 말하자면 배달의 '손 떨림 보정' 장치가 아닌가. 그의 이름은 무엇일까. 나이는 몇 살쯤 됐을까.

사십 년쯤 전, 시모키타자와의 라멘 가게에서 일하던 우리도 배달을 가야 했다. 걸어서 갈 만한 범위 안에 있으면서도 철도 선로를 넘지 않는 장소까지. 열리지 않는 철도 건널목 차단 바 앞에서 허송세월을 보냈다가는 면이 불어버리기 때문이다. 영화관과 스낵

바°는 물론이고 복싱 체육관에 '의리 있는 분들'의 사무소까지 갔다. 위험한 곳에는 가위바위보를 해서 진 사람이 다녀왔다. 다들 신경이 곤두서 있었다.

랩은 이중 삼중으로, 거스름돈은 잊지 말고. 조폭 사무소는 가게에서 가장 멀리 떨어져 있었는데, 면이 불으면 트러블이 생긴다. 세심한 주의를 기울이며 잰걸음으로 간다. 신중하게 계단을 올라가 노크하고 문을 연다.

조폭 사무소에 음식 배달원. 영화에 나올 법한 설정 아닌가. 주뼛주뼛 배달통에서 중국식 돼지고기덮밥과 군만두를 꺼낸다. 안쪽에 있는 작은 국물 그릇이 무언가에 걸린다. 비스듬해진 배달통 때문에 랩 틈새로 액체가 쏟아진다.

나타난 것은 텅 빈 그릇. 이미 국물의 흔적은 없다. 이건 뭐냐는 질문에 순간적으로 "앞접시입니다"라고 대답하지만, 아니나 다를까 호되게 얻어맞는다.

손뿐만 아니라 마음까지 떨려버리지 않았는가.

○ 가벼운 음식(스낵)을 제공하는 바bar로, 특히 일본에서는 여성이 카운터 너머로 접객을 하는 술집을 가리킨다.

끈기 있게 주사를 맞아
마수에서 벗어날 방법을 믿겠는가

봄가을 같은 환절기에는 남자 배우 여자 배우 할 것 없이 자신의 콧소리, 콧물, 코 막힘에 괴로워하는 자가 많다. 이른바 알레르기인데, 임시방편의 대증요법으로는 졸음 등의 부작용이 뒤따른다.

그런 고뇌하는 어린 양의 귓가에 "좋은 방법이 있습니다" 하고 살짝 속삭인다. 비용도 싸고 부작용도 걱정 없다. 시간은 좀 걸리지만 나으면 재발도 전혀 하지 않는다.

"저는 이 방법으로 티슈랑 작별했답니다."

이렇게 말하면 누구나 달려드는 치료법. 하지만 실제로 실행에 옮긴 배우는 단 한 명도 없다. 그 방법이란 무엇인가.

스무 살, 혼자 살았던 도쿄. 기치조지에서 시모키타 자와로 이사했다. 화장실 공용인 두 평 남짓한 방에서 화장실 딸린 방으로 승격한 기쁨에, 창문 바로 앞이 비둘기장이라는 사실을 완전히 간과했다.

매일 아침저녁으로 꾸꾸거리는 소음 공격은 그렇다 치자. 밤낮 안 가리고 푸드덕거리는 새털 분진 공격에 나의 기관지가 무릎을 꿇었다. 소아 천식이 아닌 성인 천식에 걸리고 만 것이다.

일단 체질이 바뀌자 비둘기장 옆집에서 달아난 뒤로도 삼나무와 돼지풀, 집 먼지에조차 반응하게 되었다. 심할 때는 한밤중에 숨을 못 쉬어서 내 발로 응급실에 뛰어든 적까지 있다.

그런 중증 천식 환자가 되고 몇 년 뒤, 극단에 들어간 나는 가을에 영국 공연에 따라가게 되었다. 이것 참 곤란하구나, 낯선 이국땅에서 발작이 덮치면 감당이 안 되는데, 하며 호흡기의 명의에게 울면서 매달렸다.

노의사가 말하기를 가을의 영국은 괜찮다고 했다. 무슨 근거로, 하고 생각했지만 그는 오히려 이참에 해 보자며 '민감 소실 요법'을 강하게 권했다.

민감 소실 요법이란 발작의 원인이 되는 물질을 아

주 적은 양으로 주사하는 방법이다. 주 1회 주사부터 시작해 한 달에 두 번, 한 달에 한 번, 두 달에 한 번, 이렇게 간격을 벌려나가며, 이 년이 통째로 걸린다. 약물이 아니므로 치료비가 싸고 부작용도 없다. 이건 좋다.

하지만 이 년은 길다. 끈기가 필요하고 그때마다 아프다. 그래도 발작의 고통을 생각하며 지푸라기라도 잡는 심정으로 계속 치료를 받았다. 결과는 어땠냐면, 그로부터 삼십오 년이 지났지만 꽃가루의 계절에도 티슈가 필요 없다. 만세.

단, 성공 확률은 70퍼센트. 이 점이 걸림돌이라서 강하게 권유하지는 못한다.

아, 요즘은 주사가 아니라 알사탕 같은 것을 핥는 방법도 있는 모양이다.

별이 가득한 밤하늘 아래 모닥불을 둘러싸고
인생을 이야기하는 자리를 만들어주마

해가 짧아지는 시기의 야간 로케는 추위에 미처 적
응하지 못한 몸에 혹독하다. 게다가 의상이 얇으면 더
더욱.

그럴 때는 '활활'을 준비해 달라고 제작부에 부탁한
다. 그러면 숙달된 스태프가 구멍이 몇 군데 뚫린 18
리터짜리 사각형 캔을 가지고 온다. 거기에 숯을 와르
르 쏟아붓고 불을 붙인 골판지 덩어리를 넣은 뒤, 곧바
로 손잡이를 잡고 활활 타오르는 캔을 큰 수레바퀴처
럼 힘차게 돌린다.

잠시 후 골판지가 다 탔을 때쯤 멈추면 숯에 근사하
게 불이 붙어 있어서 간이 난방 기구 '활활'이 완성된다.

그 모습이 꽤 멋있다. 능력 있는 스태프라는 분위기

를 물씬 풍긴다. 불을 완벽하게 다루면 남자의 위신도 선다는 건 원시 시대부터의 습성인지도 모른다.

돈은 없고 시간은 있지만, 언제 일이 들어올지 알 수 없으니 사전에 여행 계획을 세우지 못했던 시절 나는 캠핑에 푹 빠져 있었다.

황금연휴에도, 여름휴가 기간에도 어쨌거나 오토캠핑장은 전날에 예약할 수 있었다. 게다가 요금은 가족 모두 합쳐서 5000엔 정도.

오토캠핑장은 수도권 도처에 분포해 있으며, 괜찮은 곳은 온천까지 딸려 있다. 식사는 당연히 바비큐. 숯불을 피우는 건 아버지의 몫이다. 그게 잘 안되면 식사는커녕 불빛을 얻지도, 몸을 녹이지도 못한다. 마치 멋있는 스태프처럼 바람과 불을 교묘히 조종해 숯불을 일으킨다.

그런 아버지의 등을 보고 아이가 무슨 생각을 했는지는 확인해 보지 않았지만, 아버지 본인이 흡족했던 것은 확실하다. 갈 때마다 도구가 늘어나 우리 집 SUV에 다 싣지 못할 정도였던 그 시절이 그립다.

요즘은 '활활'도 모습이 확 바뀌어 예전의 18리터짜리 캔이 아니라 긴 상자처럼 생긴 물건이다. 내용물 역시 숯이 아닌 고형 연료. 료칸에서 저녁을 먹을 때 료칸 직원이 불을 붙여주는 파란 고형 연료의 거대 버전이다. 크기가 커서 배짱은 필요하지만 여성 스태프도 캔들 라이터로 단번에 불을 붙인다. 풍차처럼 불을 돌리는 호탕한 녀석들은 어느새 절멸해 버렸다.

아이도 이제 사회인이고 캠핑도 오래전 추억이 되었는데, 요즘 다시 유행한다고 들었다. 백발로 캔을 세차게 돌려서 불을 붙이는 할배가 되어 주목받고 싶지만 오십견이 걱정되니 관둬야겠다.

어리석은 자의 잠꼬대

버스 안에서　　　　　　　　　

　　산을 타고 내려오는 바람이 쌀쌀해지면서 일기예보 대로 오후부터 비가 내리기 시작했다. 단풍철을 맞이 한 교토는 관광객들로 북적이고, 명승지인 아라시야 마에서 그리 멀지 않은 이 주변도 평소에는 화사하게 차려입은 사람들이 오간다. 하지만 공교롭게 내리는 비에 우즈마사 일대부터 인적이 뜸해져서, 거리는 관 광지가 아닌 시골 마을의 모습으로 바뀌었다.

　　교토역행 버스가 눈앞에서 나를 지나쳐 간다. 다급 하게 손을 들었지만 시치미 뗀 얼굴로 그냥 가버렸다. 잰걸음으로 우즈마사히라키초 버스 정류장까지 가서 시간표를 확인했더니 다음 버스는 십오 분 뒤에나 온 다. 벤치는 비에 젖었고, 우산을 쓴 채 캐리어까지 가지고 있는 상태로는 기다릴 수 없는 시간이다. 그렇다고 택시를 타자니 호텔까지 2000엔도 넘게 든다. 그런 금전적 여유는 없다. 어쩔 수 없이 트램 정류장을 향해 걷는다. 조그마한 트램을 타고 종점인 시조오미야까지 가면 비를 피할 곳이 있겠지. 거기서 호텔까지 걸어서 이십 분은 걸리지만, 그게 가장 나은 방법인 듯했다. 역까지 가는 길은 보도가 없고 너비도 좁은 험로라서 이따금 트럭이 스치듯이 지나간다. 터질 듯이 꽉 찬 캐리어의 바퀴가 금방이라도 부서질 것 같다.

횡단보도를 건너면 맞은편에 있는 것이 작은 역인데, 여기부터 빗줄기가 거세어졌다. 좁은 교차로는 복잡한 사거리인 데다 전차까지 다녀서 어지간히도 파란불로 바뀌지 않았다. 별수 없이 짐을 끌어당겨 뒤쪽에 있는 절 정문에서 비를 피하기로 마음먹었다. 교토는 풍경 속에 역사적 건축물이 뒤섞여 있어서 유심히 보지 않으면 거기가 유서 깊은 사찰이라는 사실을 알아차리지 못할 때도 있다. 전에도 몇 번이나 그 앞을 지났겠지만, 새삼스레 절의 정문을 올려다보며 교토의 넓은 포용력에 경탄했다. 이곳이 '고류지広隆寺'인가. 비 내리는 평일 오후, 이제부터 일정은 없다. 일단 안으로 들어가 보자.

교토의 촬영소는 처음 왔을 때에 비하면 익숙해지긴 했지만, 그럼에도 역시 외국이나 다름없는 관습의 차이가 존재하는 탓에 심신이 지쳐 있었다. 지금 출연하는 작품은 시대극이 아니라 현대물 드라마다. 무대는 도쿄라는 설정인데 어째서인지 이곳 교토에서 촬영 중이다. 배우에게 할당된 숙박비는 6000엔이고, 세금을 빼면 실수령액은 5400엔밖에 안 된다. 게다가 호텔은 직접 알아봐야 한다. 단풍철인 지금은 연박을 할 수 없어서 커다란 짐을 가지고 어쩔 수 없이 집시처럼 떠돌아다니고 있었다.

오늘 비 예보가 있어서 일정이 바뀌었다는 연락을 어젯밤에 받았고, 새벽 다섯 시 반에 촬영소에 가서 비가 오기 전에 다 찍었다. 다음번 촬영이 다음 주까지 없으니 원래라면 오늘 저녁은 도쿄에서 먹을 수 있었다. 그런데 1층 연기 사무소에 신칸센비를 받으러 갔을 때, 사흘 뒤 비 예보가 있으므로 도쿄에 가지 말라고 통보받았다. 흐린 날 장면을 찍을 것이라고 한다. 사흘 뒤라는 날수가 쓰리다. 다음 촬영 날과의 사이가 사흘 이상 벌어져야 신칸센비가 나오는 시스템이다.

물론 맑으면 그날 촬영은 없다. 일주일 동안 하릴없이 이곳에 발이 묶여 지내야 할지도 모른다. 지금 숙소가 1박에 6500엔이니 하루당 1100엔은 자비로 내야 한다. 호텔을 체크아웃하고 와버린 것이 원통하다.

다행히 내가 연락했을 때 마침 취소된 방이 나와서 내일까지의 잠자리는 확보했다. 자, 이제 어떻게 할까. 이런 난데없는 일정 변경에도 다른 스케줄이 없다는 슬픔이 사무친다.

오늘 도쿄에 돌아갈 작정으로 아무렇게나 썼던 캐리어 속 짐을 다시 분장실 로커에 집어넣으며 생각한 것은 오전에 한 대사였다. 딱 세 줄. 그 짧은 대사가 입 밖으로 나오지 않았다. 갑작스러운 스케줄 변경에도 대응할 수 있도록 대본은 받은 시점에 외우자는 것이 나의 원칙이다. 감독의 어떤 요구에도 맞출 수 있게 말투의 차이나 뉘앙스 변화도 계산한다. 그런데도 단 세 줄의 설명 대사가, 머릿속에는 들어 있지만 입 밖으로 나오지 않았다. 리허설 때는 나왔는데 본 촬영에서 나오지 않았던 것이다. 젊은 상대역 배우가 두세 번 거듭해서 위로했다. "진짜 괜찮습니다. 저도 잘 그러거든요." 닥쳐, 너랑 같은 취급하지 마. 대여섯 번째에 조감독이 물을 가져왔다. "바깥 공기 좀 쐬고 오실래요?" 너 이 자식, 반쯤 웃으면서 말하지 마. 일고여덟 번째에는 내가 생각해도 대사를 칠 수 없을 것 같았고, 급기야 열 번을 넘겼을 때는 전체 휴식에 들어갔다.

나는 게으른 놈을 싫어한다. 아무런 준비 없이 무위無爲로 카메라 앞에 서는 녀석들을 경멸한다. 그래서 대사를 완벽하게 외우고, 영하의 극지방에서든 적도의 타들어 가는 지옥에서든 연기를 해낸다. 상대 배우가 어떤 공을 던져도 확실하게 받아내도록 예습에 만전을 기한다. 역할을 완전히 내 것으로 만드는 것. 나는 스스로에게 한결같이 그 작업을 부과해 왔다.

지옥 같은 커피 타임이 끝나고 다시 시작된 촬영에서도 대사는 전혀 나오지 않았다. 한 줄씩 잘라서 컷을 나누자는 의견도 있었지만 그 한 줄조차 위태로워졌다. 어쩔 수 없이 '컨페', 이른바 커닝 페이퍼를 준비하게 되었고 상대역 애송이는 "당연히 괜찮죠" 하고 웃으면서 자신의 가슴팍에 내 대사를 쓴 모조지를 붙였다. 그 뒤의 일은 잘 기억나지 않는다. 고마워, 미안해, 어제 마신 술 때문일까, 미안, 그런 말을 반복했다. 내 멍청한 짓거리로 인한 상처에서 뿜어져 나오는 피를 간신히 틀어막고 있었다.

다시 싼 캐리어를 굴리며 배우회관 계단을 내려가고 있었다.

동기 배우가 매니저와 무언가 진지한 얘기를 나누며 택시에서 내렸다. 안면 있는 사이이긴 하지만 눈이 마주치지 않도록 자연스럽게 자세를 바꿨다.

배우회관 안쪽에서 연극을 같이 한 적 있는 후배도 사무라이 복장으로 다가왔다. 엉겁결에 가방에서 접이식 우산을 꺼내는 척하며 시선을 피했다. 사십 대 중반인데 뭘 하고 있는 건지. 나의 자의식이 답답하게 느껴진다.

연기 사무소 직원이 "택시 불러드릴까요?" 하고 물었다. 웃는 얼굴로 돌아서서 천천히 우산을 펼쳐 쓰고 촬영소를 떠났다.

어렴풋이 은퇴를 생각한다.

절 안쪽은 생각보다 넓었고, 빗속에서 방문객은 보이지 않는다. 얼마간 걸어가자 왼쪽에 매표소가 있다. 관람료는 700엔. 창구의 노인에게 잔돈과 도장이 찍힌 책자를 받아 든다. 이것이 표 대용이다. 비를 피하기 위해 찻집에 들어왔다고 생각하면 된다.

고류지는 교토에서 가장 오래된 사찰로 발음이 비슷한 나라奈良의 호류지法隆寺와 가까운 관계이며, 쇼토쿠 태자°와 인연이 깊어 저명한 절이라고 쓰여 있다. 대학 입시 때 일본사를 선택했으면서 새삼스레 고개를 크게 끄덕이는 나 자신의 무식함이 부끄럽다. 이절은 국보인 미륵보살을 본존으로 모시고 있다. 오후에는 수학여행 단체도 보이지 않고, 덤으로 비 때문에 내가 가려는 전시실에도 인적이 없었다.

가볍게 예를 표하고 안으로 들어간다. 넓은 가람伽藍 정면에서 그 아름다운 모습이 보인다.

'미륵보살 반가사유상.'

일본사 교과서에서 뵌 적이 있어서 기시감이 드는 것은 당연했지만, 실물을 마주하니 나도 모르게 넙죽 엎드릴 뻔했다. 압도적인 힘에 복종하는 게 아니라, 나 자신을 내보이며 몸을 던지고 싶은 평온함을 느꼈다. 신기도 없고 특정 종교를 믿지도 않는 나에게 이런 감각이 찾아드는 것을 이해할 수 없었다.

○ 6~7세기 고대 일본 정치와 불교를 확립한 인물로 호류지를 건립했다.

불상 앞에는 다다미가 깔린 공간이 마련되어 앉아서 마주 볼 수 있었다. 아무도 들어오지 않는 것을 기회 삼아 불상의 거의 정면에 앉았다. 딱히 뭘 하지 않는 채로 그저 시간만 흘러간다. 무슨 말을 한 것 같기도 하고, 무슨 말을 들은 것 같기도 하다.

잘 기억나지 않지만 폐관 시간이 될 때까지 그곳에 앉아 있었던 것만은 확실하다.

버스 정류장에 앉아서 버스를 기다린다. 젖었던 벤치도 갑자기 비친 햇살에 물기가 다 말랐고, 노을 지는 거리는 번화함을 되찾았다. 72번 교토역행 버스가 이내 도착해서 무거운 짐을 끌고 맨 뒷자리로 향했다. 러시아워인데도 운 좋게 버스 안이 텅 비어서 뒷자리에 짐과 나란히 앉을 수 있었다. 함께 탄 노인이 앞자리에 앉아 턱을 괴고 창밖을 바라본다. 오늘 저녁은 시조카라스마에서 고등어조림을 먹자. 혼잣말을 했다.

"배우신가?"

앞자리 노인이 내 쪽을 돌아보며 말을 걸었다. 여성인지 남성인지 구별이 되지 않는다. 한쪽 무릎 위로 발목을 올려놓았으니 할아버지일 가능성이 높다. 이 정도 연세이면 성별 차이가 희미해진다. 아니, 자세히 보니 연령대도 알쏭달쏭하다.

"네."

가볍게 끄덕이며 대답했다. 한동안 침묵이 이어지는 것으로 보아 내 이름이 떠오르지 않아서 민망해진 거겠지. 여기서 대화가 끝나는 경우는 많다.

"어디에 나오셨수?"

부드러운 교토 사투리다.

"음, 뭐, 여기저기요."

물론 대표작 같은 건 없다.

틀림없이 이것으로 대화가 끝나리라 생각해 다시 창 쪽으로 몸을 틀었다.

"무진장 오래 보시더구먼."

무슨 소리인지 모르겠다.

"우즈마사에 온 배우분들이 가끔 들르시거든. 대부분은 혼자서 오시고."

매표소 노인이라는 것을 그제야 알아봤다.

"아, 아까 말이죠. 실례했습니다."

"조금 전까지 보고 계셨지?"

"네에, 저도 모르게 오래 앉아 있었네요."

"처음 오셨수?"

"네."

"좋은 불상 아니오?"

"네, 정말로요."

촬영소 옆에 있는 절이니 시간을 때우러 오는 배우도 드물지 않겠지. 노인에게는 별반 희귀하지도 않은 관람객이었을 것이 분명하다.

"그래서, 뭔가 깨달으셨수?"

"뭔가, 라니요?"

"오랫동안 보살님이랑 무슨 이야기를 하셨수?"

"아니, 이야기라기보다 뭐랄까요, 푸념을 들어주셨는지 위로를 해주셨는지, 정신 차리고 보니 벌써 다섯시더군요."

솔직하게 대답했다.

"거기 있는 보살님은 속이 텅 비었다우."

"네?"

"나무 불상인데 속을 파내는 건 품이 들지만, 그리 안 혔음 천 년 이상 못 갔겠지. 불이 나도 가벼워서 들고 옮길 수 있고, 금도 안 가니깐. 깊이 생각해서 만든 거라우."

"이야, 그런가요."

일단 감탄해 본다.

"그 텅 빈 안쪽에 여러 가지가 들어가게끔 되어 있어서, 형씨 같은 사람의 푸념도 잔뜩 넣을 수 있다우."

"야아."

"그래도 말이지, 다른 사람이 오면 다시 텅 비거든. 또 얼마든지 들어가는 거라우. 참말로 신통허지요. 어떤 사람 말로는 우주 같다더만. 교토를 벗어나 본 적도 없는 나는 우주라 혀도 잘 모르겠지만."

"우주, 인가요."

버스의 흔들림이 몸에 기분 좋은 리듬으로 전달된다.

해 저무는 교토 거리가 네온사인으로 물든다. 번화가가 가까워졌다.

"형씨 일도 그렇지 않수? 여러 가지 역할을 하고, 용기 속에 넣었다 뺐다 하고."

대답이 궁했다. 추임새를 넣을 여유도 없는 순간,

"아니면 역시 안이 텅 비었는가?"

조금 웃었다. 나는 그 말에서 핵심을 찌르는 무게를 느꼈다.

"네, 텅 비었어요. 무無예요. 저는 아무것도 아닙니다."

그러자 노인은 천천히 몸을 돌려 하차 벨을 눌렀다.

"그러오, 그럼 또 우리 절 보러 오시게나."

"고맙습니다. 말씀 나눌 수 있어서 기뻤습니다."

"아, 그렇지, 텅 빈 것과 무無는 다른 거라우."

그렇게 말하고 노인은 가라스마오이케 버스 정류장
에서 내렸다.

두 개의 단어가 빙글빙글 맴돈다.

그날부터였을까, 나의 일을 알 수 없게 되었다.

취조실

눈앞의 책상에는 불 꺼진 스탠드가 하나 놓여 있을 뿐, 그것 말고는 아무것도 없다. 그 앞 의자에 걸터앉아 있는 건 분명 나인 듯하다. 머릿속 안개가 걷히지 않아서 왜 여기에 앉아 있는지 알 수 없다. 어두컴컴한 방의 삼면은 벽이고 창문은 없으며 중앙에 이 작은 책상이 놓여 있다. 앞쪽에 장식 없는 문이 있고 주위의 소리는 들어오지 않게 되어 있다. 흐린 머릿속을 정리해 나간다.

자, 나는 오늘 뭘 연기하고 있는 걸까.

분명 이곳은 '취조실'이다. 그렇다면 또 형사 역이라는 거다. 대체 몇 번이나 이런 장면을 되풀이했을까. 색감이 수수한 양복에 노타이, 아마 다른 드라마에서도 돌려쓴 의상이겠지. 채널은 5번이나 8번, 아니면 케이블인가. 형사 역할이라면 익숙하다.

천천히 돌아보자 벽 쪽에 또 한 사람, 제복을 입은 경찰이 컴퓨터에 무언가를 입력하고 있다. 아마도 서기 역의 보조 출연자일 것이다. 그렇다는 건 이제부터 범인이 이 방으로 연행되고, 그 녀석을 취조해 자백을 받아내면 된다는 거군. 여유를 보이기 위해 제복 경찰에게 웃음 지어 보였지만 무시당했다.

앞쪽 문이 조용히 열리며 다른 경찰이 데려온 피의자가 나타났다. 마른 체격의 삼십 대 남자인데 낯익은 얼굴이었다.

범인이라고는 해도 근본이 나쁜 악인은 아니고, 어쩔 수 없이 범죄에 손을 대어버린 사연 있는 사람이라는 역할로 보인다. 배우로서의 스킬은 모르겠지만 나름대로 연기를 괜찮게 한다고 판단했으니 캐스팅했겠지. 그는 대본대로 맞은편 의자에 앉아 겁먹은 눈으로 내 시선을 피한다.

한동안 긴박한 침묵이 이어진다.

견디다 못해 내가 먼저 말을 걸려고 한 순간, 드디어 그가 입을 열었다. 그러나 소리가 작아서 무슨 말을 하는지 모르겠다. 녹음팀도 그 대사를 알아들었을 리 없다. 그런 상황이 끝없이 이어졌다. 대본을 잘 외워 온 노력은 가상하지만 상대 배우에게조차 들리지 않으면 의미가 없다.

어쩔 수 없지, 잘 봐두라고. 내가 일갈하며 그의 장황한 변명을 가로막고 단숨에 자백으로 몰아가는 것이 드라마적으로도 좋으리라 생각했다.

책상을 두들기며 큰소리로 한마디.

"네가 했잖아."

얼빠진 얼굴로 멍하니 나를 바라본다. 너는 부모님한테도 혼난 적이 없는 거냐.

그 순간이었다. 놀랍게도 뒤에 있던 제복 경찰과 피의자 옆에 붙어 있던 경찰이 동시에 내 겨드랑이 밑으로 팔을 넣고 조였다. 놔라. 대체 어느 엑스트라 에이전시 녀석들이냐, 설정을 생각하고 연기해. 그런 말을 입 밖으로는 꺼내지 않은 채 노려봤지만 팔을 풀어주지 않는다.

그런데 범인 역의 배우가 이상한 말을 한다.

"이제 됐어, 풀어줘."

나는 해방되었다.

꺼림칙한 예감이 든다.

역할을 착각했다.

눈앞의 남자는 자세히 살펴보니 카레 광고에서 본 적 있는 배우로, 분명 작년 아침드라마로 인기를 얻었다. 아뿔싸, 틀림없이 이 드라마의 주연이다.

그렇다는 건 내가 피의자고, 어떤 죄를 지은 조연 게스트인 모양이다. 이크, 신고 있는 게 가죽 구두가 아니라 슬리퍼라는 것을 더 빨리 알아차려야 했는데.

수긍은 갔지만 피의자용 대사는 전혀 떠오르지 않는다. 애초에 무슨 짓을 해서 붙잡혔는지도 모르는 채여기 있는 거니까. 그렇지, 정신감정으로 넘어가면 무죄가 된다. 기억을 잃은 척했지만 카레 왕자에게 엄하게 추궁당해 입을 다물고 말았다.

왕자는 방금 전까지의 말투는 어디로 갔는지, 게거품을 내뿜으며 훌륭한 발성으로 나를 심문한다. 어쩔수 없다. 여기서는 묵비권을 행사하는 것 말고 방법이 없을 듯하다. 일단 그걸로 시간을 벌자.

시간이 얼마나 지났을까. 왕자는 탁상 스탠드를 껐다 켰다 하고, 들고 있던 펜으로 책상을 탁탁 두들기기도 하며 다양한 심리전을 펼쳤다. 시건방진 잔재주를 부리는구나. 슬슬 배도 고파온다. 이제는 계속 입을 다물고 있을 자신이 없어진다. 이대로 죄를 인정하는 게 편하겠지. 뭘 했는지는 모르겠지만 자백해 버릴까.

문이 천천히 열리며 다른 경찰이 형사에게 무언가를 건넸다. 왕자는 상냥하게 그 사발을 내 눈앞에 내민다. 사발 뚜껑 가장자리에 돈가스와 계란이 비어져 나와 있다.

돈가스덮밥이다.

요즘 시대에 잘도 이런 설정을 쓰는구나. 취조실에 돈가스덮밥이라니, 콩트도 아니고. 아무리 노년층 대상의 드라마라 해도 시대에 뒤떨어진 느낌은 지울 수 없다. 진부해, 진부하다고. 시청자를 얕보는 것도 적당히 해야지. 자백할 마음이 단번에 사라진다.

비어져 나온 돈가스와 계란에서 김이 피어오르지는 않는다. 미리 만들어둔 촬영용 요리겠지. 미술팀이 방송국 조리실에서 만들었든지, 아니면 배달 음식이든지. 동시에 문득, 뚜껑을 열어보고 싶어진다. 사발을 들고 와구와구 입에 넣고 싶다. 돈가스를 깨물었을 때의 육즙을 상상한다. 그건 식었기는 해도 딱딱하지 않다. 반숙 계란이 양념 국물을 휘감고 목구멍을 통과한다.

안 돼, 항복이다. 먹는 수밖에 없다.

촉촉한 눈동자로 상대의 눈을 똑바로 바라보며 말했다.

"제가 했습니다."

가벨

눈앞의 책상 위에는 작은 나무망치와 그 받침대로 보이는 것이 놓여 있었다. 추측 가는 바도 없고, 무엇에 쓰는 물건인지 짐작조차 되지 않았다. 시험 삼아 그 나무망치를 들어 올려 받침대를 향해 내리쳤다. 맑고 경쾌한 소리가 울려 퍼졌다.

그 순간 나를 감싸고 있던 공기가 팽팽해진 느낌이 들어 비로소 주위를 둘러본다. 정면, 조금 떨어진 곳의 의자에 사람들이 앉아 있는데 모두가 마른침을 삼키며 나를 응시한다. 관객이다. 그렇다는 건 내가 무슨 연주자인 걸까 생각해 본다. 그러나 이런 나무망치 하나로 음악을 연주하기란 불가능하다. 봤더니 좌우에도 두 줄로 관객이 있는 게 아닌가.

오늘의 나는 무슨 역할이지?

간사이 지방의 만담가인가, 아니면 야담가인가. 하지만 그들이 손에 들고 치는 건 딱따기나 쥘부채지 나무망치가 아니다. 일단 이 나무망치를 치켜들고 익살을 떨어볼까 하려던 참에 정면에 앉은 남자와 눈이 마주쳤다.

맨 앞줄의 그 남자는 두 손이 포승줄 같은 것으로 묶여 그 옆의 경찰로 보이는 사람에게 연결되어 있다. 공연장의 관객 같은 게 아니다. 그는 피고인이다.

그럼 그 정면에 앉은 나의 정체는 무엇일까 생각하며 머리를 숙였다. 검고 팔랑거리는 의상을 입고 있다. 양옆에도 같은 복장의 사람들이 있다. 좌우 양쪽, 관객이라고 생각했던 두 줄의 사람들은 각각 변호사와 검사임이 틀림없다. 의심의 여지 없이 나는 재판장이다.

그렇다면 아까의 나무망치 소리에 이쪽을 주시하는 사람들에게 무슨 대사를 쳐야만 한다.

"정숙하세요."

잘했다. 이 대사는 틀리지 않았다. 그런데 잠깐, 아직 뭔가 부족한 것 같다. 그렇지.

"지금부터 재판을 시작하겠습니다."

그나저나 재판 장면 촬영이었다니, 놀랍다. 앉아 있던 자리가 재판장석이라서 다행이라며 가슴을 쓸어내린다. 이런 대규모 법원 세트를 준비했다는 건, 대체로 촬영하는 장면이 드라마나 영화의 하이라이트라는 뜻이며 대본의 여러 페이지에 이르는 긴 신이기 마련이다. 아직은 주연이 누구인지 모르겠지만 이 경우 아마도 변호사, 간혹 검사, 혹은 방청석의 형사나 피고 가족 중 하나이리라.

왼쪽으로 시선을 돌리자 변호사 측 자리에 유명한 젊은 여성 배우가 앉아 있는 것이 보였다. 작품을 같이한 적이 없어서 잘 모르지만 주연이 틀림없다. 이건 여성 변호사물 드라마 또는 영화다. 그렇다면 후반은 그의 독무대가 되겠군. 빤한 반전이다. 대사도 상당한 분량을 차지하겠지.

이에 대응하는 검사 역도 자세히 보니 몇 번인가 함께 연기한 적 있는 중견 유망주 남성 배우다. 실력도 출중하니 각본가는 이 두 사람의 공방전을 하이라이트로 마련해 둔 모양이다.

방청석에도 낯익은 연기자들이 간간이 보이지만,

오늘은 대사가 없어서인지 긴장감 없는 표정이다.

나는 재판장이다. 대사는 아마도 "이의를 받아들입니다" "이의를 기각합니다" "정숙하세요" "이로써 재판을 마치겠습니다" 이 네 가지 패턴이면 될 것이다. 긴 장면이지만 겁낼 건 없다. 며칠 동안 냉정한 재판장 연기를 완수해 내자.

"기소장 낭독을 시작하겠습니다."

오른쪽에 있던 검사 역 중견 배우가 일어섰다. 그의 저음이 법정에 울려 퍼진다. 좋은 목소리다. 그러고 보니 요전에 NHK 다큐멘터리에서 내레이션을 맡았지. 잠시 넋을 잃고 들었다.

그러던 중 대사의 길이가 마음에 걸리기 시작했다. 이런 설명 대사를 끝도 없이 늘어놓을 필요가 있을까. 움직임도 없으니 질릴 텐데. 이제 좀 컷을 해도 되지 않나. 목소리가 낮은 것에도 점점 신경이 쓰인다. 채널 돌아가는 소리가 들리는구나.

그래도 잘도 이만큼 외워 왔군. 그 점은 칭찬해 주마. 대단해, 나는 흉내도 못 내겠어. 예전에 진짜 재판을 방청하러 갔더니 검사가 모기만 한 소리로, 게다가 더듬거리면서 기소장을 읽더라니까. 그게 현실이겠지. 그렇지? ……그렇잖아.

어이쿠, 실례. 문득 딴생각에 빠져서 정신이 다른 곳으로 가버렸구나. 극에 집중하자.

여전히 목소리가 낮다. 잠깐, 있어봐, 저 녀석 이 부분은 아까도 읽지 않았나?

흠, 뭐, 상관없겠지.

어휴…….

그나저나 이 나무망치, 사실 일본 법정에서는 안 쓰는 것 같던데. 서양 법정물의 영향으로 이런 장면에서 필수 요소가 됐지만. 영어로는 뭐라고 하더라, 그러니까, 두 글자다. 으음, '라벨'인지 '쿠벨'인지, 다른 작품에서 나왔는데 뭐였더라. 어디 보자, 눈을 감고 떠올려볼까.

그나저나 뭐야, 저 녀석. 벌써 몇 번이나 기소장의 같은 대목을 반복해서 읽고 있잖아. 누가 주의 좀 주라고. 쯧쯧.

아벨, 이벨, 우벨, 으음, 에벨, 오벨…….

"컷!"

슬레이트 치는 소리가 들리며 카메라가 멈췄다. 조감독이 검사 역 배우가 아니라 내 쪽으로 곧장 다가왔다.

"집중 좀 해주실래요. 주무시면 그때마다 NG가 나
니까요."

술집

　잔은 달팽이 같은 기묘한 형태였고, 그 안에는 난생
처음 보는 황록색 액체가 들어 있었다. 눈앞의 카운터
에 놓여 있었으니 내가 주문한 것은 틀림없다. 위에서
들여다보자 얼음 대신 드라이아이스 같은 것이 들었
고, 잔 테두리에서 연기가 피어오른다.

　향은 나쁘지 않다. 자발적으로는 웬만해선 마시지
않겠지만 열대 지방 프루트칵테일의 일종이리라는 것
은 상상이 갔다. 시험 삼아 입을 대어보자 향기와 함께
옅은 단맛과 산미가 퍼졌고, 알코올은 느껴지지 않았
다. 갈증에도 도움이 되니 단숨에 잔을 비웠다. 나쁘지
않은 맛과 목 넘김에 감탄했다.

　텅 빈 달팽이 모양 잔을 손바닥 안에서 굴리며 베이

스로 쓴 과일은 무엇일지 생각한다. 어느새 내 앞으로
온 바텐더와 문득 눈이 마주친다.

그 순간 숨이 멎을 뻔했다. 가게 안이 어두컴컴해서
초점을 맞추기 힘들지만, 눈앞에 있는 것은 바텐더 조
끼에 나비넥타이를 맨 큰개미핥기다. 정확히 말하자
면 큰개미핥기 같은 사람. 코끝이 1미터나 되는 사람
은 없지만 그는 한없이 큰개미핥기에 가깝다. 웃으면
서 잔을 가리키기에 나도 모르게 또 한 잔 주문하고
말았다.

도대체 나는 뭘 연기하고 있는 걸까.

여기는 대체 어디일까.

주위를 둘러보기가 무섭지만 이곳의 상황을 파악해
야 한다. 작은 극장 크기의 가게에는 손님이 적당히 들
어와 있다. 다들 떠들고 있긴 해도 메아리가 쳐서 알아
들을 만한 상태가 아니다. 집중해서 손님들을 찬찬히
둘러보자 예상대로 상상을 초월하는 얼굴들뿐이다.
간신히 사람의 형체를 하고 있는 몇 명, 나머지는 동물
인지 외계인인지 판별하기 힘들다. 오래 쳐다보았더
니 황소개구리가 나를 응시한다. 트러블을 피하기 위
해 곧바로 시선을 피했다.

터무니없는 술집에 있다는 건 확실한데, 이게 무슨 드라마인지, 혹은 영화인지 생각이 나지 않는다. 콩트인가, 호러인가, SF인가. 굳이 떠올리자면 짐작 가는 작품은 있다. 하지만 그 촬영 현장에 내가 불려 나오는 것은 전혀 상상할 수 없었다. 마음을 진정시키기 위해 눈앞의 칵테일을 천천히 머금었다.

가게 바깥에서 요란한 소리가 들리더니 이윽고 그 무리들은 입구로 몰려들어 왔다. 경위는 알 도리 없지만 가게 안에 불온한 공기가 감돌기 시작한다. 어딘지도 모르는 출구를 찾아 도망치는 리스크를 짊어지기보다 지금은 잠자코 지켜보자. 만일의 경우를 대비해 주머니를 뒤져 무기로 쓸 만한 것이 있는지 확인해 봤다. 무기 대신 작은 태그가 들어 있었다. 유성 매직으로 '혹성탈출용'이라고 쓰여 있다. 이 작품은 〈혹성탈출〉이 아니다. 이건 돌려 입는 의상이다.

얼마 뒤 소란이 난투로 바뀌어 갖가지 물건이 사방으로 날아다니고 부서지는 소리가 크게 울렸다. 곧이어 내가 있는 카운터에도 누군가의 팔 하나가 날아왔다. 여기서 겁을 먹고 비명을 질렀다가는 이 세계관을 망가트릴지도 모른다. 나는 그저 동요를 감추고 잠자코 있었다.

싸움의 당사자들에게로 시선을 돌렸다. 대다수인 마물들에게 둘러싸여 있는 건 백발노인과 원숭이처럼 생긴 거인 콤비다. 중과부적이라는 말이 무색하게 노인팀은 비교도 안 될 만큼 강해서 적 대부분을 쫓아버리고 곧이어 승리를 거두려 하고 있었다. 압도적으로 강한 이 노인. 어딘가에서 본 적이 있다. 움직임이 너무 빨라 알아보는 게 늦었다. 그렇지.

해리슨 포드, 그 사람이었다. 바닷가의 바에 있기만 해도 일본에서는 노래에 등장하는 사람.° 함께 싸우는 원숭이 같은 거인은 말할 것도 없이 츄바카. 이건 분명 그 시리즈의 촬영 현장이다.

피가 역류하는 것처럼 심장이 쿵쿵거렸다.

잠깐, 진정해. 그렇다는 건, 이곳은 한 솔로의 일당이 자주 오는 바로 그 술집이라는 뜻이다. 옛 동료를 찾아와 도움을 청하는 상황이 틀림없다. 그럼 그 동료가 이번에 나에게 주어진 배역이구나.

○ 일본의 보컬 듀오 PUFFY의 노래 〈바닷가에 얽힌 etc.〉 중 "바에는 그 유명한 해리슨 포드"라는 대목을 말한다.

이 술집에서 만나는 것으로 보아 나 역시 무법자인 게 확실하다. 아시아계 해적 두목 정도가 적역이겠지. 세토 내해를 호령했던 무라카미 수군의 피를 이어받은 해적의 후예. 나쁘지 않은 캐스팅이다. 이미 해외에 진출해 있는 와타나베 겐 배우나 사나다 히로유키 배우에게는 미안하지만 이건 아무쪼록 내가 맡아야겠는걸. 어학 능력이라면 이번에는 눈감아 달라고 하는 수밖에 없다. 반란군 쪽에 붙든 제국군 쪽에 붙든, 어느 쪽이든 맞춤옷처럼 연기해 보이겠어.

그렇다면 해리슨은 이제 곧 나한테 와서 재회의 포옹을 나눌 작정이겠지. 아는 영어를 총동원해 구사해 주마.

예상대로 적을 때려눕힌 해리슨이 나를 향해 다가온다. 마음을 진정시키고 카운터에서 일어나 그를 맞이하려고 했다.

그러자 어찌 된 일인지 츄바카가 그를 앞질러 나에게 돌진한다. 기다려, 너한테는 일단 볼일이 없어, 하고 영어로 냉정하게 얘기해 봤다. 그랬다고 생각했다. 하지만 "아아아아아아아아아" 하는 소리밖에 나오지 않는다. 소리가 말이 되지 않는 것이다.

그 즉시 츄바카가 "아아아아아아아아아" 하고 대답하며 뜨겁게 나를 껴안았다. 거구에게 강한 힘으로 안겨서 입맞춤까지 당했다. 츄바카에게 키스를 받아봤자 전혀 기쁘지 않다.

그러는 동안 해리슨은 우리를 지나쳐 뒷문으로 나가버렸다. 츄바카도 미련 가득히 "아아아아아아아아아" 하며 해리슨의 뒤를 쫓아갔다.

"컷!"

가게가 다시 정적에 휩싸이고, 각각의 캐릭터가 탈을 벗기 시작한다. 카운터에 있던 큰개미핥기 안에서도 자그마한 흑인 여성이 나온다. 나한테 악수를 청하며 당신도 쓰고 있는 것을 벗으라는 제스처를 취한다. 얼굴에 손을 대자 피부 위로 붙은 두꺼운 실리콘이 느껴진다. 힘껏 잡아당겨 벗겨내 앞면을 내 쪽으로 돌려놓는다.

립스틱을 바른 여성 우키족 탈이 웃고 있었다.

달리기

나는 달리고 있다.

오른발과 왼발은 규칙적으로 오가고, 늘어트린 두 팔은 부드럽게 이완된 채 앞뒤로 흔들린다. 리드미컬한 그 동작은 뇌에 기분 좋은 자극을 전달한다. 적극적으로 산소를 마셔서 기분은 상당히 고양되어 있다.

하지만 나에게 이런 조깅 습관은 없다. 예전에 빌리스 부트캠프°를 지나치게 한 탓에 무릎에 물이 차 병원에서 노란 액체를 빼내는 처지가 된 것에 대한 반성으로, 하반신에 부담을 주는 일은 최선을 다해 피해왔

° 미군 교관 빌리 블링크스가 혹독한 군대식 훈련법을 응용해 제작한 다이어트용 DVD로 일본에서 선풍적인 인기를 끌었다.

다. 그런데 나는 지금, 달리는 것에만 열중하고 있다.

이건 무슨 역할인가 생각했다.

먼저 머릿속에 떠오르는 것은 누군가로부터 도망치는 중이라는 설정이다. 야쿠자의 돈을 들고 튀었거나, 편의점을 털었거나, 할머니의 가방을 날치기했거나. 하지만 내 손은 텅 비어 있다. 그렇다는 건 경찰에게 뒤쫓기는 도주범, 바람피우다 들킨 공처가, 혹은 괴수의 표적이 된 일반 시민. 짚이는 건 이렇지만 내 뒤에서 무언가가 쫓아오는 기척은 없다. 그저 달리고 있을 뿐이다.

반바지에 러닝셔츠라는 차림새이니 에도 시대의 파발꾼이나 그리스의 전령 역할도 아닐 것이다. 좋아, 여기서는 기본으로 돌아가자. 달리는 사람은 곧 육상 선수라고 생각하는 것은 어떤가. 이 나이에 육상 경기 선수라는 건 불가능한 일이겠지만, 고령화 사회이니만큼 그런 작품이 있어도 이상하지는 않다.

확인을 위해 손으로 가슴을 어루만져 보자 선수용 번호표인 듯한 천이 붙어 있는 게 느껴졌다. 틀림없다, 나는 지금 달리기 선수를 연기하고 있는 것이다. 게다가 경기장 트랙이 아닌 일반 국도를 달리고 있다. 그렇다는 건 마라톤 경기가 분명하다. 주의 깊게 봤더니 앞에서 달리는 오토바이는 경찰의 교통 단속 오토바이였다. 게다가 보도에는 작은 깃발을 흔드는 관중들이 내 쪽을 향해 성원을 보내고 있지 않은가. 이런 상황으로 미루어보건대 지금 나는 선두를 달리고 있는 모양이다. 이 나이의 장거리 주자, 어떤 이야기를 연기하고 있는 걸까. 나쁘지 않은걸.

42.195킬로미터. 세계 신기록이 두 시간 남짓. 과연 지금 나는 어디쯤을 달리고 있는 걸까. 왼쪽 손목에는 시계를 찼는데, 스톱워치 기능으로 오십육 분이라는 경과 시간이 표시되어 있다. 이렇게 오래 달렸는데도 전혀 피곤하지 않고 한참 더 뛸 수 있을 듯한 기분이 드는 건, 이 역할을 연기하면서 아드레날린이 분출되기 때문일까.

반환점까지 앞으로 3킬로미터. 그런 표지판이 눈에 들어왔다. 장기전이다. 자만하지 말고 페이스 분배를 고려해야 결승점까지 갈 수 있다. 그런 생각으로 속도를 조금 늦췄을 때 등 뒤에서 누군가의 인기척을 느꼈다. 천천히 돌아보자 뒤에서 파도처럼 다가오는, 8번 번호표를 붙인 키 큰 선수가 보였다. 다시 한 번 고개를 돌리자 눈이 마주쳤다. 틀림없다. 배우 A다. 나보다 두세 살 아래로 모델 출신인 그와는 몇 번이나 함께 연기한 적이 있다.

과연, 나 혼자서 달리는 것만으로는 작품이 될 리가 없다.

우리가 경쟁하며 엎치락뒤치락 접전을 펼침으로써 휴먼 드라마가 탄생한다.

사랑과 우정의 42.195킬로미터. 시시한 제목이다. 제작진 측의 안일한 생각도 잘 알겠다. 뭐, 괜찮겠지. 앞으로 후반 한 시간 동안 다양한 볼거리를 만들어내고 마지막은 그에게 승리를 쥐어주는 전개도 재미있으리라. 갑자기 아드레날린이 뿜어져 나왔다.

곧 그가 내 옆으로 붙어서 우리는 나란히 달리는 모양새가 되었다. 이 투 숏은 꽤나 좋은 그림이 될 것이다. 단조로운 영상이 되지 않도록 오른쪽으로 왼쪽으로, 서로의 간격을 좁히기도 하고 넓히기도 하면서 밀고 당기기를 했다.

"고마웠습니다."

A가 희한한 말을 한다. 여기서 그에게 감사 인사를 들을 이유는 없다. 게다가 과거형인 것도 신경 쓰인다.

이상한 녀석이다. 무시하고 계속 달린다. 곧이어 반환점이 보이기 시작했다.

중간 지점인 만큼 길가를 메운 보조 출연자들의 수도 장난이 아니어서, 이 작품에 대한 기대치가 높다는 것이 엿보인다. 전율에 휩싸이는 마음을 억누르며, 앞으로 다가올 후반의 끈기 싸움에 배우 생명을 걸자고 되뇐다.

나란히 달리는 A를 향해 브이 사인을 보냈다. 이번에도 A는 기묘한 말을 한다.

"정말 수고 많으셨습니다."

뭐, 상관없다. 결승점에 도착해 감독이 컷을 하면 A에게 물어보자.

둘이서 나란히 반환점의 고깔을 돌자 관중의 열광은 단숨에 최고조에 달했다. 다들 기다려, 앞서가지 마. 지금은 여전히 초반전, 진짜 드라마는 이제부터다.

반환점을 지나 속력을 조금 높여 A의 한 걸음 앞으로 나아간 순간, 길가에서 누군가가 뛰쳐나왔다. 괴한은 내 옆구리를 붙들고 매달려 떨어지지 않는다. 떨쳐내려고 발버둥을 쳤지만 이제껏 계속 달려온 탓에 몸이 말을 듣지 않는다. 그 와중에 다른 괴한이 나를 덮친다. 곧이어 또 다른 괴한 몇 명이 나를 붙잡는다. 봐라, 무슨 짓이냐, 경기 중이잖아. 그만둬.

앞쪽을 봤다. A가 아무 일도 없다는 양 달려가 사라진다.

너는 나를 버리고 떠나는 게냐.

도로에 짓눌린 나를 향해 괴한들은 입을 모아 "이제 끝났어요"라고 말한다. 뭐가 끝이야, 끝낸 건 너희들이잖아.

날뛰는 바람에 떨어진 번호표가 손에 쥐어져 있었다. 천천히 펼쳐보자 거기에는 숫자가 아니라 'P' 'A' 'C' 'E'라는 글자가 쓰여 있다.

"페이스메이커, ……인가."

힘없는 목소리가 한숨과 함께 새어 나왔다.

땅속

얼마나 잠들어 있었는지 모르겠지만 몸이 묘하게 저려온다. 이불이 아닌 무거운 것에 짓눌려 숨이 멎을 것 같다. 눈을 뜨려고 했지만 얼굴도 무언가로 눌린 상태고, 눈꺼풀을 들어 올려도 어둠이 내 주위를 지배하고 있다. 입을 움직였더니 무슨 빨대 같은 것을 물고 있다. 아마 이것을 통해 숨을 쉴 수 있는 모양이다. 시험 삼아 입을 크게 벌리자 무언가가 단숨에 밀려 들어왔다. 흙냄새와 진흙의 식감이 입안 가득 퍼진다.

나는 지금, 생매장당해 있다.

하치오지에 거의 다 와서 가벼운 교통사고로 인해 정체가 발생하긴 했지만, 주오 고속도로의 차량 흐름은 순조로웠다. 단고자카 휴게소에서 산 스타벅스 커피는 가와구치호 IC를 지날 때까지도 마시기 좋을 만큼 따끈함을 유지하고 있었다. 어젯밤 잠을 잘못 자서 목의 불편감이 아직 가시지 않았지만 일에 지장은 없겠지. 일반 도로로 내려와 서쪽으로 향한다. 유원지에는 이미 아이들의 모습이 없었고, 고도가 높은 이 일대는 나무들의 색깔이 가을의 끝을 알리고 있었다. 오른쪽에 사이호西湖가 있다는 것을 감지했을 때쯤 핸들을 천천히 왼쪽으로 꺾었다.

현장은 요 근처 숲속이고, 건네받은 지도에 표시된 지점에서 제작팀이 기다릴 거라고 했다. 휴대전화가 터지지 않는 곳이 많기 때문에 만날 시간과 장소를 정확하게 지정해 줬다. '삼림 지대'라고 적힌 표지판이 보이는 횟수가 점점 늘어났다. 예전에 이 부근에 컬트 종교 교단의 거점이 있었던 게 떠올랐다.

후지산의 울창한 숲속에 생매장당해 있는 지금의 내 상황을 분석해 본다.

과연 이번에는 어떤 역할을 연기하고 있었던 걸까.

사체 역할은 죽음이나 살인을 다루는 드라마의 수만큼 존재한다. 사체는 대사가 없으니 촬영 날은 마음이 홀가분하다. 하지만 촬영 중에는 숨을 쉴 수가 없으므로 긴 장면을 찍을 때면 실신할 것 같다. 가슴은 물론이고 배도 움직일 수 없다. 의도적으로 눈을 뜬 채 죽은 경우에는 그 책임을 져야 한다.

유족이 오열하는 장면이 끝나고 관으로 들어간 시점부터는 본인이 연기할 필요가 없어진다. 병사病死가 아니라 야쿠자의 손에 죽어서 땅에 묻히는 경우에도 흙이 덮이자마자 본인일 필요가 없어진다. 간혹 바다에 빠져 익사체로 떠오르는 경우도 있지만, 본인 확인 후 곧바로 파란 시트로 덮이고 그다음부터는 마네킹이 대신해 준다. 그래서 빨리 퇴근할 수 있을 때가 많다.

그런데도 나는 아직 묻혀 있다. 게다가 후지산 숲속에 말이다.

잠깐, 어쩌면 나를 묻는 장면을 찍을 때 흙으로 덮는 주연 배우의 표정이 너무나 소름 끼친 나머지, 주위의 스태프도 압도되어 감동받은 채 다음 장면을 촬영하러 떠났을 가능성은 없을까. 묻힌 배우를 방치하고 말이다. 있음 직한 일이다. 그렇게 할 법한 제작사를 나는 알고 있다.

주위는 정적에 휩싸여 있고, 누군가가 나를 일으켜

주러 올 기미는 먼지 한 톨만큼도 없다. 어떤 이의 신호 소리가 귓전에 울린 듯하다. 결심을 하고 일어나기로 했다.

일단 천천히 손을 움직여 주위의 흙모래를 휘저었다. 마른풀 비율이 높은지 생각보다 가벼웠다. 팔꿈치를 힘껏 쭉 펴자 땅 위로 뚫고 나간 듯했다. 팔꿈치를 받침점 삼아 상반신을 일으켜 보려고 했다. 조금 애를 먹었지만 어찌어찌 머리도 땅 밖으로 나온 것 같았다. 눈은 아직 뜨지 못했다. 다행이다, 이대로 죽는 건 면했다.

그때 갑자기 날카로운 여성의 비명이 주위에 울려 퍼졌다. 나도 무심결에 움직임을 멈췄다.

머리를 내민 상태로 동작을 멈추고, 천천히 소리가 나는 쪽으로 몸을 돌렸다. 나에게도 위기가 덮쳐오고 있는지도 모른다. 그러나 얼굴에 들러붙은 진흙 때문에 아직 눈을 뜰 수 없다. "괜찮으세요?" 하고 말을 걸려 했으나 입안의 흙 때문에 심하게 사레가 들렸다.

"구고고고고고고고고고고."

알아듣지 못할 괴성을 내지르고 말았다.

더욱 격렬한 비명과 함께 여성의 목소리가 멀어져

가는 것을 느꼈다. 기다려줘, 가지 말아줘, 하고 말할 생각이었지만 또다시 "구고고고고고고고고고고"하는 우렁찬 소리로 변환되었다. 어쩔 수 없이 뒤를 쫓아가려고 일어섰는데, 다리가 저려서 똑바로 걸을 수 없다. 게다가 잘못 자서 불편한 목 상태 때문에 경련이 인 것처럼 머리가 앞뒤로 계속 흔들린다. 평소의 내가 아니다. 도와줘.

객관적으로 생각해 보자. 온몸이 진흙투성이인 반나체의 거한이 고개를 앞뒤로 세차게 흔드는 동시에 입에서 흙을 내뿜으며 갈지자걸음으로 여성을 향해 다가간다. "구고고고고고고고고" 하고 외치면서.

"컷!"

누군가에게 꽉 안겨 나는 걸음을 멈춘다. 스태프다. 이런 곳에 있었나. 젖은 수건을 건네준다. 얼굴을 닦고 주위를 둘러본다. 살았다. 현실로 돌아왔다. 온몸의 힘이 빠져 그 자리에 주저앉았다. 눈앞에 있던 조감독의 허리춤에 꽂힌 대본이 눈에 들어온다.

〈도쿄 리빙 데드 ─ '삼림 좀비들' 편〉

싸구려 심야 드라마다.

딱지

눈을 뜬 채로 깜빡이지도 않고 상대를 계속 응시하는 탓에, 안구 표면이 늘 건조해서 눈꺼풀 안쪽에 딱지가 생기는 일종의 직업병에 시달리고 있었다. 안과에서는 안구 건조증으로 진단받았고 딱지는 의사에게 떼어달라고 하는 수밖에 없다. 일상 속 예방법은 딱히 없으며, 늘 세 종류의 점안액을 처방받는다. 적당히 안구를 적시는 것 말고는 방법이 없다. 첫 번째는 눈물과 같은 성분으로 만든 안약. 수시로 울기만 하면 될 일이지만 남자는 그렇게 남들 앞에서 무의미한 눈물을 흘리지 못한다. 두 번째는 개의 침과 같은 성분으로 만든 안약. 개 밥그릇을 씻어보면 알겠지만 미끈미끈한 것이 여간해서는 씻기지 않는데, 그게 눈에 좋은 모양이다. 세 번째는 위장약과 같은 성분으로 만든 안약. 가장 효과가 좋다지만 새하얀 액체라서, 그것이 눈에서 흘러나오는 상태는 모르는 사람의 심장에 나쁘다. 한나절 지나고부터는 목구멍으로 쓴 것이 넘어간다는 이상한 부작용도 있다.

그러고 보니 오늘은 어떤 안약도 넣지 않았다.

앞에 앉은 남자는 나를 계속 응시하고 있다. 흰자위가 많은 그의 눈은 나한테 초점이 맞춰진 것 같기도 하고, 내 뒤의 누군가를 노려보는 것 같기도 했다. 나도 상대의 두 눈 중간 부근에 시선을 고정하고, 눈도 깜빡이지 않으며 계속 쳐다봤다. 눈을 피하면 단지 승부에서 질 뿐만 아니라 목숨의 위험까지 느끼게 될 것이다. 눈앞의 남자는 틀림없는 악당이다.

나는 어떤 역할로 그와 대립하고 있는 걸까.

내 앞에 앉아 있는 사람은 야쿠자다. 이것을 대전제로 추론해 본다. 과연 그의 맞은편에 앉아 있는 나는 건실한 사회인일까, 아니면 동업자일까. 정면에 시선을 고정한 채 남자의 등 뒤쪽을 어렴풋한 시야로 살폈더니 벽에 커다란 가문 문양이 걸려 있다. 조폭 사무소에 흔히 걸려 있는 그것이다. 그렇다는 건 나는 손님,

그의 상사도 부하도 아니다. 또 가문 문양의 양옆으로 미미하게 움직이는 물체가 있기에 커다란 파충류인가 했더니, 부하로 보이는 2인조가 서 있었다. 건실한 사회인이든 동업자든 간에 위험한 상황이라는 것은 틀림없다.

"이제 적당히 털어놓으시는 게 어떻습니까."

드디어 상대가 입을 열었다. 존댓말이라는 점에 조금 안심했지만, 뭘 묻고 있는 건지 짐작이 가지 않는 지금은 긴박감에 박차를 가할 뿐이다. 물론 나의 뻐근한 눈을 염려해서 한 대사는 확실히 아니다.

"난 아무것도 몰라."

이건 거짓말이 아니다. 필시 나는 야쿠자에게 협박당하는 변호사나 회사 경영자 같은 인물을 연기하고 있는 것이리라. 하지만 당연히도 그 뒤의 대사가 이어지지 않는다. 긴 침묵 속에서 상대는 눈도 깜빡이지 않고 나를 응시한다. 시선을 피하면 거짓말하는 것으로 여겨질 상황이기에 결국 나의 건조한 안구가 백기를 들었다.

오랜 시간 눈을 부릅뜨고 쳐다본 탓에 오른쪽 눈에 급성 딱지가 생겨버린 모양이다. 눈알을 살짝 움직이기만 해도 격렬한 통증이 욱신욱신 덮쳐왔다. 자리에서 일어나 거울 앞으로 달려가고 싶지만 그럴 수 없다. 어떻게 해야 할지 생각했다. 일단 눈을 더듬어서 딱지를 찾자.

맞은편의 야쿠자에게서 시선을 떼지 않은 채 오른손만 천천히 들어 올린다. 거동을 의심받지 않도록 시간을 들여 귀까지 천천히 도착했다. 집게손가락으로 오른쪽 귓구멍을 파면서 새끼손가락으로 오른쪽 눈꼬리를 더듬으려고 했지만 닿지 않는다.

이상하다, 그럴 리 없는데. 시야에 닿는 범위로 손을 가져왔다. 새끼손가락이 없었다.

변호사도 회사 경영자도 아닌, 새끼손가락 없는 야쿠자였다. 어떤 실수를 저질러서 그 죗값을 치르기 위해 손가락이 잘린 졸개. 너무 한심해서 동요하고 말았다. 그 동요에 타격을 받아 다시 격렬한 통증이 덮쳐왔다. 나는 세차게 눈을 비비기 시작했다. 상대방 따위 아무래도 상관없다. 안구의 딱지를 떼야만 한다.

내 수상한 움직임에 녀석의 뒤에 있던 부하가 달려와 양쪽에서 팔을 꽉 붙든다. 하지만 지금 나는 이런 피라미들을 상대할 때가 아니다. 이유를 말하고 안과에 데려다 달라고 하자, 그런 무모한 생각을 했다. 별안간 거세게 얻어맞았다. 두 번째 주먹이 오른눈을 직격해 통증이 배가된 나는 괴로움에 몸부림쳤다. 그러나 두 사람의 손에 쓰러져 허망하게 바닥에 짓눌렸다.

"어디에 있는지 말해봐."

상대 야쿠자의 대사 따위 이제는 귀에 들어오지도 않는다. 딱지와 얻어맞은 통증에 더해, 새끼손가락 없는 야쿠자 졸개 역이었던 스스로가 한심해서 눈물이 넘쳐흘렀다. 껵껵 흐느끼며 계속 울었다. 그러던 중 문득 오른눈에서 느껴지던 통증이 사라졌고, 악귀가 떨어져 나간 것처럼 몸이 가벼워졌다. 다행이다, 눈에서 비늘이 벗겨졌다.

부하 한 사람이 내 눈꼬리에서 흘러나온 이물질을 발견하고 말했다.

"두목, 이런 데 숨겨두고 있었습니다."

그의 손에는 눈물에 젖은 조그마한 SIM 카드가 들려 있었다.

수술실

수술대는 그 방 한가운데에 놓여 있다. 일반 병실과의 차이는 어마어마한 조명 개수로, 무수한 불빛이 수술대와 수술 도구의 스테인리스를 반사한다. 한없이 밝지만 수술대 주위는 눈에 직접 광원이 들어오지 않도록 고려된 것은 물론, 집도하는 의사 자신의 그림자까지 없애주는 무영등이 중앙부를 둘러싸고 있다. 아직 누구의 모습도 보이지 않으나 얼마 안 있어 이곳은 전쟁터가 될 것이다. 그렇게 확신하고 숨을 들이마시며 조용히 서 있었다.

의사 역할이다.

요즘 메디컬 드라마가 늘어나 백의를 입을 기회도 무척 많아졌다. 별로 즐거운 현장이 아니라는 것은 확실하다. 사람의 생명을 다루는 내용인 데다 일단 대사가 어렵다. 툭하면 외래어가 줄줄이 나오는 것은 물론, 일반적인 의미 기억법으로 외울 수 없는 단어도 종종 등장한다. 심지어 말투마저 장황하다. 언젠가는 '다절제절제술多切除切除術'이라는 단어 때문에 무척 애를 먹었다. 긴박한 상황일수록 '다절제절제술'이 어린애 옹알이처럼 변하는 것이다.

그러나 오늘은 수술 신이다. 커다란 마스크를 껴서 입이 보이지 않는다. 그렇다는 건, 만에 하나 '쩔째쭐'이라고 말해버려도 상대 배우만 웃음이 터지지 않으면 후시 녹음으로 처리할 수 있다는 뜻이다.

수술실의 자동문이 조용히 열리고 침대차에 실린 환자가 도착한다. 네 명의 간호사와 간호조무사가 매끄러운 동작으로 환자를 수술대로 옮긴다. 인공호흡기를 단, 칠십 대쯤으로 보이는 부인이 눕혀진다. 각자 맡은 자리에 서서 진료 기록 확인, 심전도기 부착, 수술 기구 준비 등으로 바쁘게 움직이기 시작한다. 나의 긴장도도 저절로 높아진다.

과연 나는 무슨 과의 집도의를 연기하고 있는 걸까.

다시 문이 열리며 수술복을 입은 보조 의사 세 명이

들어온다. 총인원 여덟 명이 필요한 대수술. 그렇다는 건 한 사람은 마취과 의사가 틀림없다. 전신마취를 할 때 환자의 머리맡에서 모니터를 보며 그때그때 약을 넣는 의사. 가장 눈에 안 띄지만 꼭 필요한 포지션으로 대사나 움직임은 적다. 언젠가 간호사물 작품에서 연기했을 때 지루했던 기억이 있다.

나머지 둘은 조수. 눈밖에 보이지 않지만 한 사람은 아이돌 그룹 멤버이자 인기 스타라는 것을 깨달았다. 이런 나도 아는 배우이니만큼 아마도 그와 대사를 주고받는 것이 이 장면의 핵심일 게 틀림없다.

천천히 수술대의 환자 옆으로 다가가 수술 개시 선언을 하려고 했더니, 아이돌이 나를 밀어내고 중요한 대사를 말해버렸다.

"지금부터 시작합니다."

젊은 연기자에게 영광을 넘기고 여기서는 한 걸음 뒤로 물러나자. 그건 그렇지만 아이돌 군, '수술'이라는 발음이 어려운 탓에 "지금부터 수술을 시작합니다"라는 원래 대사에서 아예 빼버렸구나. 오늘은 그냥 넘어가지만 다음번에는 집에서 될 때까지 연습하고 오게나.

마취의의 신호로 집도가 시작되었고, 아이돌 군은 조수와 함께 개복 수술에 들어갔다. 손 근접 촬영은 나중에 따로 하므로 표정이 중요하다. 이마에서 땀이 나는 모습은 진지 그 자체다.

그러나 아마도 잠시 후 엄청나게 곤란한 상황에 부딪히고, 젊은 두 사람으로서는 손쓸 도리가 없어서 교수인 나에게 도움을 요청한다는 설정이겠지. 틀림없다. 뭐, 괜찮지. 그렇게 짜여 있다면 타이밍이 올 때까지 뒤에서 지켜볼 뿐이다. 이따금 카메라가 내 쪽을 향할지도 모르니 방심은 하지 말자고 내심 다짐한다.

환자의 용태를 관찰한다. 인공호흡기를 벗긴 나이든 여성을 다정하게 내려다본다. 전신마취가 되어 있을 텐데도 이따금 고통으로 얼굴을 찌푸린다. 혼탁한 의식 속에서 무슨 꿈을 꾸고 있는가.

그때 어찌 된 일인지 감겨 있던 환자의 눈꺼풀이 스르르 열렸다. 커다랗게 벌어진 그 눈은 분명하게 나를 포착했다.

"아부지."

귀를 의심했다. 어디 사투리인지 모르겠지만 나를 아버지로 착각하고 있다. 머리맡에 아버지가 나타난 거겠지. 여기서 부정해 봤자 할머니에게 상처를 입힐 뿐이다.

"왜 그러시죠?" 하고 손을 내밀며 다가가려고 한 순간, 내 옷이 수술복이 아니라는 사실을 깨닫고 경악했다. 뜻밖에도 농부의 작업복을 입고 있는 게 아닌가. 의사도 교수도 아니었다. 아까부터 나는 뭘 위해 여기에 있었던가.

그와 동시에 나는 와이어에 매달려 천장으로 끌려 올라갔다. 심지어 이 세상의 존재도 아니라는 것을 확신했다.

"아부지."

거기서부터 단숨에 장면이 바뀌었다. 스태프에게 끌려가 현장을 이동했다. 세트 옆에 설치된 거대한 꽃밭으로 안내되어 거기서 괭이를 들고 서 있으라는 지시를 받았다.

아까의 환자 역 할머니가 배 같은 것에 실려 있다. 천천히 나를 향해 다가온다.

"아부지."

삼도천이 흐르고 있다.

"너는 아직 이쪽에 오면 안 돼."

저절로 대사가 나왔는데 이것이 정답이었던 듯, 할머니는 스태프에게 기대어 배에서 내린 뒤 다시 아까의 수술실 세트로 향했다.

"컷!"

수고하셨습니다, 하는 조감독의 말을 듣고 괭이를 내려놓았다. 무대 장치의 꽃이 예뻐서 방심하고 홀린 듯이 바라보고 있었더니 여성 스태프가 지나가며 "괜찮으시면 가져가세요. 이제 필요 없거든요" 하고 매정하게 말했다.

작업복을 입은 채 싱싱한 꽃을 꺾어서 집에 가져가기로 했다.

복수

촬영소 분장실에는 15미터쯤 되는 옆으로 길쭉한 거울이 있고, 오늘 찍을 시대극의 출연자들이 그 앞에 일제히 줄지어 앉아 있다. 전통 머리 전문가들이 바쁜 손놀림으로 각 출연자에게 가발을 맞춰보며 머리를 틀어 올린다. 어느 작품, 어느 시대건 관계없이 영주도 무사도 모두 한 줄로 앉아 있다.

나도 머리에 분장용 흰 천을 얹은 뒤 중앙부를 박박 민 가발을 쓰고 의상실로 향했다. 스태프가 호화로운 의상을 내 몸에 대어보며 두 겹, 세 겹 입혀나가는 것으로 보아 신분이 상당히 높은 무사라는 점을 알 수 있었다.

배우 회관에 있는 연기 사무소 창구에서 점심 도시

락을 받고 840엔을 냈다. 그것이 비싼지 싼지는 둘째치고, 이 분장을 한 채로 스타벅스에 들어가는 것이 어렵다면 선택의 여지는 없다. 계단 아래의 창고에 있던 접이식 의자와 도시락을 들고 로케 버스로 향했다.

버스 안은 남자, 게다가 무사뿐이었고 상인 차림새를 한 사람은 없었다. 전투 장면을 찍으러 가는 것이 분명한 차 안에는 긴장감이 떠돌았다.

그물 선반에 도시락을 올려뒀다. 점심때까지 차 안에 둬야 하므로 둘 곳을 신중하게 물색했다. 지금은 겨울이니 문제없지만, 여름철에는 두는 곳에 따라서 도시락이 상하기도 한다. 밥알이 발효되는 슬픈 경험을 한 적도 있다.

만원 버스는 촬영소를 천천히 벗어나 도로에서 좌회전했다. 이제부터 어디로 가는 걸까. 교토 시내의 지리도 조금은 파악할 수 있게 되었다. 무사들의 상투가 흔들리는 가운데 만원 버스는 교토의 중심부를 향해 달렸다.

앞에 앉은 두 무사의 대화가 내 귀에도 들렸다. 어제까지 사흘간 내리 뛰는 장면만 찍은 탓에 하반신에 피로가 꽤 많이 쌓였다고 한다. 히메지 성城에서 교토까지 오는 기나긴 행로였단다. 도요토미 히데요시 역의 배우가 모두에게 스포츠음료를 사줬지만 그런 것으로는 쥐꼬리만큼도 도움이 안 되었다는 이야기를 교토 사투리로 심술궂게 나누었다.

그렇다는 건 '주고쿠 대회군大回軍' 장면이라는 것을 짐작할 수 있었다. 도요토미 히데요시가 주군 오다 노부나가의 원수를 갚기 위해 전쟁 중이었던 모리 가문과 화친하고 열흘 만에 지금의 오카야마시에서 교토 근교까지 달렸다는 유명한 에피소드다. 버스 안에 있는 교토의 보조 출연자들이 매일 같은 작품에 잇달아 출연한다고는 확언할 수 없지만, 이 작품이 센고쿠 시대물이라는 점은 확신할 수 있다.

오이케 거리를 달리는 버스는 니조 성城을 지나 가모강 쪽을 향해 가고 있다. 가라스마 일대는 상당한 번화가이니 이 근처에 로케 장소가 있을 것 같지는 않다. 그러나 버스는 사거리에서 천천히 우회전했다. 멈춘 곳에서 왼쪽을 보자 거기에는 혼노지本能寺가 있다.

틀림없다. '혼노지의 변'이다.

버스는 한동안 멈춰 섰다가 곧 움직이기 시작했다. 바로 근처이긴 해도 촬영 장소는 다른 곳이라고 한다.

괜찮다, 더할 나위 없다. 결전의 무대였던 혼노지를 향해 고개를 숙인다.

오늘의 촬영이 혼노지의 변이라는 것을 알고 새삼 생각했다. 나는 어느 쪽을 연기하게 될까. 둘 중 하나다.

오다 노부나가, 혹은 배신자 아케치 미쓰히데.

모리 란마루°가 아니라는 건 확실하다. 어느 쪽이든 좋다. 연기하는 데 불만은 없다. 의상으로 미루어보아 그 외의 졸병이 아니라는 점도 분명하다.

버스에서 내리자 미술팀 트럭이 있었고, 거기서 각자 소도구를 받았다. 줄을 서긴 했지만 나한테는 아무것도 주지 않고 로케이션 세트 안으로 들어가라고 재촉했다. 습격하는 쪽인 미쓰히데라면 당연히 갑옷과 투구에 무기 일습을 장착할 터다. 틀림없다, 나는 오다 노부나가다.

예로부터 지금까지 무수한 작품에서 수많은 명배우

° 오다 노부나가는 혼노지에서 아케치 미쓰히데의 군사들에 활과 창으로 맞서다가 심한 부상을 입어 싸움을 포기하고 죽기를 결심한다. 그는 성 안쪽으로 들어가 부하에게 불을 지르게 한 뒤 그 속으로 뛰어들었다. 모리 란마루는 이때 불을 지른 부하의 이름이다.

가 연기했던 노부나가 역. 하필이면 죽는 장면부터 찍는다는 부조리를 느끼면서도, 흥분으로 몸을 떨며 벌써 사세구°를 외기 시작했다.

다양한 작품에서 등장한 혼노지가 머릿속을 스친다. 과연 이 작품에서는 노能의 한 대목을 재현하며 쓰러질 것인가, 창으로 싸우다가 베일 것인가, 불 속에서 조용히 배를 가르며 죽을 것인가. 어느 쪽이든 감독이 어떻게 연출하고 싶은가에 달려 있다. 조감독이 재촉하는 대로 본당의 침소에 들어갔다.

곧이어 슬레이트 소리가 울리며 연기가 시작되었다. 건물 주위가 소란해지더니 여기저기서 적의 습격을 알리는 소리가 울려 퍼진다. 불길도 치솟아 오른 모양이다. 이부자리에서 일어나 준비하던 차에 모리 란마루가 뛰어 들어왔다. 심상치 않은 자가 습격했다고 한다. 나는 침착하게, 각오를 다진 얼굴로 말했다.

"미쓰히데의 수하인가."

란마루가 어리둥절한 표정을 지었다. 곧이어 여하튼 도망치라고 재촉했다. 나는 여기서 노를 재현할 준

○ 죽을 때 남겨 놓는 시가 따위의 문구.

비도 하고 있었건만 그런 연출은 아닌 모양이다. 란마루의 손에 이끌려 밖으로 나갔다. 이 시점에서 란마루에게 창을 건네받는가 싶어 가만히 눈을 감고 손을 내밀었는데, 받은 건 여성용 기모노였다. 이것을 입으라고 한다. 특이한 감독이로구나, 여장을 하고 노를 선보이라는 건가. 뭐, 나쁘지 않겠지.

옷을 갈아입자 또다시 란마루가 나의 손을 잡아끌고 간다. 작은 헛간에 숨어 있으란다. 아무리 그래도 이런 역사적 사실은 없다.

"장난치지 마라, 모리 란마루."

어이가 없다는 표정으로 쳐다보며 나를 헛간에 밀어 넣으려고 한다. 역시 격렬하게 저항했지만 주위에서 란마루를 돕는 사람들이 나타났다. 봤더니 평상복 차림의 조감독들이다.

"얼른 들어가세요. 곧 신호가 올 거예요."

무슨 소리인지 모르겠지만 따르지 않을 수 없다. 숯과 쓰레기 같은 것이 쌓여 있는 좁은 헛간에 갇혔다. 격렬하게 날뛴 탓에 땀이 줄줄 났는데, 거기에 숯가루가 달라붙어서 몰골이 말이 아니다. 게다가 가발이 엉망진창으로 헝클어졌다. 이런 노부나가는 본 적이 없다. 신호가 오기 전에 메이크업 담당자를 불러야겠다. 그나저나 이 의상은 대체 뭐람. 이 시대에 쇼킹 핑크라니, 말도 안 되잖아. 의상 담당자, 의상 담당자는 어디에 있나.

헛간 문이 활짝 열리더니 오늘 아침 분장실에서 만난, 오이시 구라노스케로 분장한 S 군이 나를 향해 소리 높여 외친다.

"기라,° 각오해라."

° 1703년, 에도 시대의 아코 번주 아사노는 쇼군의 직속 무사 기라와 시비가 붙어 칼을 꺼내든다. 당시 에도 성에서 칼을 뽑아드는 것은 중죄였기에 막부는 번주 아사노에게 자결을 명한다. 그 결과 주군을 잃고 낭인이 된 47명의 아코번 무사들이 기라의 저택을 습격해, 그의 목을 베어 아사노의 묘에 바쳤다. 본문의 오이시 구라노스케는 이때 무사들을 이끈 인물의 이름이다.

일당

지도를 의지해 역에서 곧장 북쪽으로 향했다. 오늘의 촬영 현장까지 우리 집에서 편도 두 시간. 하루뿐인 야외 촬영이니 그나마 괜찮지만, 날마다 이렇게 이동해야 한다면 견디기 힘들 것이다. 국도를 벗어난 즈음부터 인가도 드물어졌다. 공터나 밭 같은 한갓진 풍경이 이어지고 편의점도 보이지 않는다. 역 앞에서 뭘 좀 사올 것을, 하고 후회했지만 되돌아갈 시간은 없다. 자동판매기가 보이기에 일단 녹차와 커피를 사서 가방에 넣었다.

한동안 더 가다 보니 지도에 표시된 지점에 도착했다. 거대한 건설 현장 같은 장소였다. 타워 크레인에 매달린 기재가 반입되고 있었다. 오늘은 특수 기계를 사용하는 꽤 큰 규모의 촬영이 될 것 같다. 다치지 않도록 안전을 최우선으로 임하자.

로케 버스나 촬영 스태프가 없는지 주위를 둘러봤지만, 그 비슷한 차도 사람도 보이지 않는다. 지도에 적힌 연기 사무소 직원의 휴대폰 번호로 전화를 걸어봤으나 연결이 안 된다. 한 바퀴 둘러본 뒤 입구처럼 생긴 곳에 우두커니 서 있었더니, 조명 스태프인지 미술 스태프인지가 트럭으로 컨테이너를 반입하고 오는 것이 보였다. 인사했을 때 받아주었으니 이 입구가 분명하다. 헬멧에는 '오바야시 組'라고 선명하게 쓰여 있다. 틀림없다, 여기가 오늘의 촬영 장소다.

얼마나 오래된 관습인지 모르겠지만, 영화 촬영팀은 감독의 성 뒤에 '조'를 붙여 부르는 것이 관례다. 촬영 스튜디오 입구에는 '구로사와 조'나 '기타노 조'라고 쓰여 있다.° 딱히 반사회 세력을 자처하는 것은 아니지만, 감독을 정점으로 한 조직 시스템은 조폭의 그것과 비슷할지도 모른다.

° 세계적으로 유명한 일본 감독 구로사와 아키라와 기타노 다케시를 말한다.

그나저나 오늘은 '오바야시 조'다. 오바야시 노부히코 감독님께는 한 차례 신세를 진 적이 있다. 너그럽고 다정한 성품이지만 작품은 대담하고 기개 넘친다. 홋카이도 현지 촬영에서는 합숙소 생활을 한 듯한 즐거운 추억밖에 없다. 그런데 잠깐, 감독님은 분명 몇 년 전에 돌아가셨다. 그렇다는 건 다른 오바야시 감독이라는 이야기다. 나의 지레짐작이 부끄러웠다. 지금이라도 깨달아서 다행이다.

입구를 통과하자 경비원이 있었고, 헬멧을 쓰라고 지시했다. 헬멧이 없다고 말하니 경비실에서 하나 가져와 빌려줬다. 깊게 눌러쓰면 머리와 얼굴에 자국이 생기니까 비스듬하게 살짝 얹은 것이었는데, 곧장 심하게 타박받았다.

대기실이나 분장실이 보이지 않는다. 작업자 역할의 보조 출연자가 여기저기 있어서 누가 진짜 스태프인지 구분이 안 간다.

선이 세 개 그려진 헬멧을 쓴 작업복 차림의 사람이 큰 소리로 지시를 내리고 있었다. 아마도 제1 조감독이겠거니 싶어 말을 걸었다. 그러자 시간이 됐으니 일단 거기에 줄 서 있으라고 했다.

뒤를 돌아보자 스태프와 보조 출연자가 빈 공간에 모여 있었다. 허겁지겁 짐을 구석에 두고 줄을 섰다. 낯익은 배우라도 있는지 둘러봤지만 노동자 분위기를 기막히게 풍기는 보조 출연자들 속에서는 그런 얼굴을 발견할 수 없었다.

그때 천천히 국민체조가 시작되었다. 촬영을 시작하기 전에 다 함께 준비 운동을 하는 촬영팀은 처음이다. 하지만 모두가 당연하다는 듯이 서로 간격을 벌리고 팔다리를 움직이기 시작했다. 국민체조는 초등학교 이후로 처음인 것 같지만 의외로 몸이 기억하고 있었다. 니커보커스를 입은 내 앞의 자그마한 아저씨를 따라 단번에 심호흡 부분까지 갔다.

그 뒤 조감독이 단상에 올라가 오늘의 촬영 일정을 핸드마이크로 전달하기 시작했다. 하지만 말이 빠른데다 확성기 상태가 나빠서 알아들을 수 없었다. 애초에 스태프 회의에 배우들은 필요 없다. 얼른 분장을 시작하지 않으면 헬멧 자국이 없어지지 않을 것 같아서 초조했다.

알아들을 수 없는 일정 전달이 끝난 뒤 스태프와 보조 출연자 들은 흩어졌다. 나는 우선 감독님께 인사를 드리러 가야겠다는 생각에, 조감독에게 감독님의 위치를 물었다.

"오바야시 감독님은 어디 계십니까?"

조감독은 내 얼굴을 쳐다보며 딱딱하게 굳었다. 그러더니 잠시 간격을 두고 "감독은 접니다"라고 했다. 하지만 가슴의 명찰에는 '다니자키'라고 적혀 있었다. 그럼 여기는 다니자키 조냐고 묻자 어처구니없다는 듯한 표정으로 "오바야시 조의 현장 감독인 다니자키입니다"라고 대꾸했다.° 뭐, 됐다. 이 녀석과는 말이 통하지 않는다. 현장 감독이라는 건 들어본 적도 없다. 준비 장소는 어디냐고 묻자 턱으로 가리켰다.

분장실도 의상실도 없는, 로커만 늘어선 공간에 망연히 서 있었다. 나는 이제 어찌해야 하나.

그때 내 동년배로 보이는 우락부락한 작업자가 말을 걸어왔다.

"어라, 오늘 하루만 오는 사람인가?"

물론 로케는 하루로 끝난다고 들었다. 나는 그렇다

° 에도 시대에 우두머리 목수를 중심으로 나뉘었던 목수들의 노동 조직을 '○○ 조'라고 불렀던 것에서 유래해, 일본의 건설업체 이름 중에도 '○○ 조'가 많다.

고 대답했다. 그 모습 그대로 괜찮으니 이리 오라고 재촉했다. 어쩔 수 없지. 평상복에 헬멧을 쓰고 그의 뒤를 따라갔다.

아무래도 이 오바야시 감독의 의도는 현장감과 그때그때의 분위기를 중시하는 연출을 하면서 다큐멘터리적인 기법으로 촬영하는 것이겠거니 하고 수긍했다. 앞서 걷는 작업자도 배우인지 진짜 이 일을 하는 사람인지 구분이 가지 않았다. 그렇게 정해졌다면 나도 연기하기 쉽다. 평상복에 노 메이크업. 되도록 꾸밈 없는 모습으로 저 사람을 따라 작업을 진행하자. 카메라가 어디서 비춰도 상관없도록.

우락부락한 작업자는 석공이었다. 빌딩 외벽에 석재를 붙여나갔다. 그나저나 저 탁월한 기술력, 엄청난 훈련을 쌓았나 보다. 나는 온종일 그의 수족이 되어 돌을 누르고, 시멘트를 반죽하고, 휴식 시간에는 주스를 사러 뛰어갔다. 카메라의 존재를 의식하지 않으려고 노력하며 자연스럽게 행동했다. 점심은 그와 함께 먹으면서 이야기를 주고받았다. 얼굴은 본 적 없지만 생활 연기를 하는 명배우다. 존함을 모른다는 것이 부끄러웠다.

정확히 다섯 시에 사이렌이 울리며 작업이 중단되었다. 슬레이트 치는 소리는 들리지 않았지만 촬영 종료인 듯하다. 서로 노고를 위로하며 악수를 나누었다. 그런 다음 그가 천천히 누런 봉투를 내밀었다.

　"그 안에 종이가 들어 있는데, 거기에 사인해 주지 않겠나?"

　말투는 그렇다 치고, 조금 수줍어하는 표정으로 그가 말했다. 좋아, 그런 거라면 얼마든지.

　봉투를 열자 1만 엔짜리 지폐 한 장과 영수증이 들어 있었다.

독방

　세 벽은 하얀색이고 창문은 없다. 세 평 정도 되는 방에는 화장실이 칸막이 없이 노출된 채로 설치되어 있어서 이곳이 평범한 공간은 아니라고 말하고 있다. 나머지 한쪽 벽면은 쇠창살로 덮여 있으므로 틀림없이 감방이리라는 짐작이 갔다. 수용된 것은 나 혼자고, 다른 사람은 그림자도 보이지 않으니 독방이겠지. 나는 짙은 회색 작업복을 입었으며 가슴에는 E2045번이라는 번호표가 실로 꿰매어져 있다. 쇠창살 건너편은 복도고 다른 방은 근처에 없는 듯하다.

　나는 죄수를 연기하고 있는 모양이다.

　유치장일까, 구치소일까, 아니면 교도소일까.

　만약 이곳이 경찰서 안이고 체포 직후라면 관할 유

157

치장일 것이다. 하지만 유치장은 분명 독방이 아니다. 기소되어 재판 중인 미결수라면 구치소일 것이고, 그 뒤 형이 확정되었다면 교도소다. 각각 다인실과 독방이 있는데, 나는 과연 어떤 경위로 이곳에 수용된 역할일까.

"흠흠, 거기 누구 없습니까?"

죄상에 대해 생각한다. 경미한 범죄인가, 살인죄인가. 치한인가, 편의점 강도인가. 어느 쪽인지에 따라 연기도 크게 달라진다. 누명일 가능성은 없는가. 억울하게 죄를 뒤집어쓴 무고한 시민, 혹은 정치범이라는 혐의를 받고 있는 천재 과학자일 가능성도 없다고는 할 수 없다.

"누구라도 좋으니 대답해 줘."

게다가 형기도 신경 쓰인다. 금방 나갈 수 있는가, 종신형인가, 혹은 사형인가. 징역형은 아닌가, 금고형인가.

뭐, 상관없다. 조금 있으면 교도관이 와서 이야기가 흘러가기 시작하겠지. 바깥의 빛이 들어오지 않으니 시간 감각은 없지만, 이제 곧 밥이 나올 것이다. 적당한 배식구가 보이지 않는데 교도관은 어디로 식판을 넣어주는 걸까.

그때 벽에 기묘한 빨대가 두 개 튀어나와 있다는 것을 깨달았다. 만져보자 한쪽에서 물이 나왔다. 빨면 마실 수 있는 구조다. 다른 한쪽에서는 유동식 같은 것이 흘러나왔다. 설마하니 이게 식사는 아니겠지. 뇌에서 격렬한 거부 반응이 일어났다.

"제대로 된 밥은 없는 거야?"

그건 그렇다 쳐도 교도관이 오지 않는다. 배식 담당자조차 나타나지 않는다.

근미래적 구조를 가진 비인간적인 수용소라는 점은 이해했다. 그렇다면 이 작품은 어떤 전개를 펼쳐나가려 하는가. 다음에 나와야 할 장면을 상상한다.

교도소라 하면 유리 칸막이 너머의 면회 장면은 빼놓을 수 없다. 면회 희망자는 나의 가족, 혹은 변호사, 아니면 지지자. 신문 기자라는 전개도 가능하겠지.

자기한테만은 솔직하게 대답해 달라고 부탁하는 기자. 나는 죄가 없지만 여기에 정부의 암중비약을 폭로하는 서류가 있다. 이걸 당신에게 맡기려 한다. 교도관의 눈을 피해 몰래 마이크로 칩을 건넨다. 굳게 맺어진 우정. 이런저런 장면을 생각해 본다.

"이봐."

아직 교도관은 오지 않는다.

혹은 나는 사형수 역할이며, 집행일을 두려워하는 중일 수도 있다. 서늘하게 다가오는 발소리는 내 방 앞에서 멈춘다. 자물쇠가 열리더니 조용히 나오라고 한다. 그 옆에는 목사 복장을 한 교회사敎誨師가 서 있다. 각오를 하고 그들을 응시하며 일어서려 하지만 다리가 덜덜 떨려서 휘청거린다.

양쪽 팔을 붙잡힌 채 긴 복도를 천천히 걷는다. 뭔가 여한은 없냐고 묻기에 "나는 조개가 되고 싶다"°라고 대답한다. 너무 흔해 빠진 말이라서 어이가 없다.

"저기, 이봐."

아직 교도관의 모습을 보지 못했다.

아니면 나는 탈옥왕이라고 불린 전설의 죄수로, 수많은 탈주를 거듭한 끝에 교도소의 위신을 걸고 만든

° 일본군 전범 사형수 가토 데쓰타로의 옥중 일기 중 유서의 한 부분. "천황도 싫고 군인도 싫다. 나는 다시는 인간으로 태어나기 싫다. (…) 그렇다, 조개가 좋다. 꼭 다시 태어나야 한다면 전쟁도 군대도 없는 깊은 바다 밑바닥에 사는, 가족을 걱정할 필요도 없는 조개가 되고 싶다."

이 독방에 수감된 것일 수도 있다. 그러나 나는 포기하지 않는다. 빨대에서 흘러나오는 유동식을 삼키고 토하기를 반복한다. 위액과 섞인 토사물은 강한 산성을 띠고, 나는 그것을 쇠창살에 붙인다. 몇 년쯤 뒤 부식된 쇠창살을 뜯어내고 보란 듯이 인생 여덟 번째 탈옥에 성공한다. 빠삐용도 아니고.

"저기, 이봐, 이봐."

과연 여기에 교도관이 있기는 한 걸까.

배역을 상상하는 것에도 질렸다. 이것이 옥중에서 일어나는 일인지조차 의심스러워진다. 여하튼 사람 그림자조차 보이지 않고, 며칠이 지났는지도 모르겠다. 혼자만의 시퀀스도 필요하지만 다른 사람과의 관계가 있어야 그 고독이 두드러진다.

쿵쿵쿵, 벽을 두드려본다.

지금 내가 놓여 있는 상황. 시간이 흐르는 가운데 상대역은 나타나지 않고, 장면 설정도 바뀌지 않고, 관객이나 카메라도 보이지 않는다. 무無에 가깝다.

공空이 아니다. 무無에서는 아무것도 태어나지 않는다.

"들리나, 이봐."

아무 소리도 들리지 않는다.

나는 무엇을 위해 연기해 온 걸까. 나를 위해서인가? 아니, 그렇지 않을 것이다. 누군가를 위해? 아니, 그런 거들먹거리는 마음은 아니다. 누군가에게 놀아나서? 아니, 책임 전가는 관두자. 돈을 위해? 그건 어려운 질문이다.

벽을 두드린다. 벽을 두드린다.

손에서 피가 흐른다.

'〈고도를 기다리며〉.'

그것도 블라디미르와 에스트라공 두 사람이 있기에 연극이 되는 것이다.

무음.

혼자라는 것이 견디기 힘들어진다.

무음.

생각을 정지시키는 기능이 있다면 그나마 나을 텐데, 무無에서도 뇌의 사고는 멈추지 않고 계속 돌아간다. 그것은 말로 표현할 수 있는 논리가 아니라 저주에 가까운 헛소리가 되어간다. 이건 이제 표현할 가치가 없다. 아니, 환자다, 나는.

"누가 좀 와서 나를 교수대로 데려가 줘."

뚜벅뚜벅, 뚜벅뚜벅.

발소리가 들려온다.

뚜벅뚜벅, 뚜벅뚜벅. 발소리가 다가온다.

부탁이야, 멈춰 서지 말고 모습을 보여줘.

뚜벅뚜벅, 남자의 발소리다. 뚜벅뚜벅, 심지어 몸집
이 거대하다.

뚜벅뚜벅, 귀에 들어오는 소리로부터 모든 정보를
그러모은다.

뚜벅뚜벅. 커다란 그림자가 시야에 들어온다.

뚜벅뚜벅, 딱 멈춰 선다.

오감을 곤두세워 남자의 기척을 탐지한다.

잠시 후…… 슬레이트 치는 소리가 울린다.

고등어조림

교토역에서 지하철을 타고 세 번째 역인 가라스마 오이케에서 내렸다. 계단을 올라가 2번 출구로 나오자 봄 햇살이 눈부시다. 첫 번째 골목에서 오른쪽으로 꺾은 뒤 오시코지 거리에서 왼쪽으로 가면 이내 그 가게가 나온다. 한 시가 조금 지났지만 점심 메뉴가 아직 남아 있기를 빈다. 포렴布簾이 걸려 있는 것으로 보아 늦지 않은 모양이다. 비어 있는 카운터 자리로 가라고 재촉당해 거기에 걸터앉는다. 그날그날 바뀌는 메뉴와 고등어조림 정식이 있는데 망설임 없이 후자를 주문한다. 따뜻한 호지차로 한숨 돌린다.

이 가게는 예전에 시조오미야에 있었다. 간판에 〈청자일희鯖煮一嬉〉°라고만 적혀 있는, 카운터 자리 다섯

개밖에 없는 작은 가게였고 안에서는 주인아주머니가 혼자서 꾸려나가고 있었다. 가게가 있었던 골목을 몇 번이나 오가다 보니 눈에 띄어 언젠가 마음먹고 들어갔는데, 그때부터 그 고등어조림에 푹 빠지고 말았다. 술은 캔맥주밖에 없어서 오래 앉아 있지는 못했지만 아주머니와의 잡담이 익숙지 않은 교토 생활의 긴장을 풀어주었다.

새까맣게 조려진 고등어를 쿡쿡 찔러 먹으며 멍하니 생각했다.

독방에 나타난 남자는 대체 누구였을까.

마지막에 들린 슬레이트 소리는 무엇이었을까.

그 일이 머릿속에서 빙글빙글 맴돌기 시작하자, 어째서인지 도쿄의 시나가와역에서 교토행 신칸센에 올라타고 만 것이다.

슬레이트. 영화나 텔레비전 프로그램 촬영 현장에 꼭 필요한 도구 중 하나지만 뭘 위해 쓰는 건지 모르시는 분도 많을 것이다. 대개 조감독 중 네 번째나 다섯 번째, 즉 신입 바로 위 정도가 담당하고, 칠판처럼

○ '청자鯖煮'는 일본어로 고등어조림이라는 뜻이다.

되어 있는 부분에 어느 신의 무슨 컷이며 몇 번째 테이크인지 분필로 쓴다. 그것을 컷의 맨 처음과 맨 마지막에 카메라 앞에서 딱 하고 친다. 카메라 앞에서 영상으로 딱 치는 것과 동시에 녹음팀의 테이프(지금은 물론 테이프가 아니지만)에도 그 소리가 녹음된다. 처음과 끝을 각각 공유하지 않으면 편집 단계에서 큰 혼란이 벌어지기 때문이다.

중요한 점은 컷의 마지막에는 재빨리 두 번 연속으로 친다는 것이다.

이 두 번 연타가 상당히 어려워서, 신입 조감독은 슬레이트를 집으로 가져가 연타 연습을 하기도 한다. 실패하면 얻어맞을 우려도 있었던 시절에는 목숨을 걸고 했다.

그렇다는 건 그때 나타난 게 조감독이고, 슬레이트를 친 횟수는 한 번 아니면 두 번이라는 뜻인가.

그건 **시작**을 알리는 신호였을까, 아니면 **끝**을 알리는 신호였을까.

그 대답을 찾지 못해 나는 교토까지 흘러와 버린 것이다. 지금은 내가 무엇을 하러 교토에 왔는지조차 흐릿해지고 말았다. 눈앞의 고등어조림만이 현실이고 나머지는 전부 환상처럼 느껴진다. 처형된 혼이 유체이탈해서 고등어를 먹으러 온 것뿐인지도 모른다.

일단 씹는다. 미각만이 생생하게 살아 있어 나의 뇌를 자극한다.

씹고 맛보고 삼킨다. 젓가락으로 집는다. 입으로 가져간다. 씹는다.

씹고 맛보고 또 씹는다. 젓가락을 내려두고 차를 후루룩 마신다.

"그건 한 번이지요."

누군가의 목소리가 들린다.

"그때는 한 번만 딱 하고 울렸수."

돌아보자 지난번에 버스에서 만난 노인이 정식을 먹고 있었다.

말문이 막히고 아연해진 나에게 노인은 이어서 말했다.

"기억하슈? 꽤 오래전에 버스에서 말 걸었는데. 야아, 오랜만이구먼. 활약이 대단허대……"

여전히 할아버지인지 할머니인지 모르겠지만 건강해 보이시니 다행이다.

"오랜만에 만난 형씨한테 물어보는 것도 이상하지

만, 그거 한 번 아니오?"

무슨 소리인지 모르겠으나 노인의 이야기에 귀를 기울였다.

"마지막에 나온 조감독 역 배우가 친 슬레이트 횟수 말이우."

"네에."

애매한 대답밖에 할 수 없었다.

"그게 몇 년 전이더라, 버스에서 만난 뒤에 집에 가서 형씨 이름을 찾아봤수. 그 뒤로 드라마랑 영화도 자세히 봤지. 자주 나와서 체크하기 힘들었다우. 아, 그르치, 요전에 밤에 했던 〈독방〉, 그거 좋더만. 두근두근했다우. 드라마인데도 시청자가 결말을 선택하게 하는 것도 참신했고. 나는 빨간 버튼을 눌렀지, 리모컨 버튼. 그걸로 끝나기를 바라지 않았으니까. 그래서 내가 누른 쪽은 한 번이라우. 거기서 드라마가 시작되는 거지요?"

그런 상호작용 서사의 드라마가 있다는 이야기는 들어봤지만, 그 작품이 그렇다고는 생각하지 못했다. 노인은 슬레이트 친 횟수가 한 번이라고 생각한 것이다.

만약 그렇다면 드라마는 그걸로 끝나지 않았다. 반

드시 속편이 만들어질 것이다. 그렇다는 건 나는 아직도 배우를 계속하고 있고, 교토에 온 것도 촬영 때문이라는 뜻이다. 발치에 놓여 있던 가방 속을 뒤져봤다. 대본이 두 권 나왔다.

"이제부터 촬영이지요? 요즘 시기의 교토는 좋다우. 쉬는 날 있으면 절에도 또 얼굴 내미시고. 아, 그렇지."

노인은 무언가를 찾는 듯했지만 금방 포기하고 눈앞에 있던 젓가락 포장지와 점원에게 빌린 볼펜을 건네며 말했다.

"이것도 기념이지, 사인 받아둘까."

"얼마든지요."

간장이 조금 묻은 젓가락 포장지의 주름을 펴서 세로로 두고 쓸 자세를 취했다.

"받는 분 성함은 어떻게 할까요?"

노인이 대답한다.

"미로쿠(彌勒, 미륵). 아, 한자는 어려우니까 가타카나로 써도 된다우."

여기까지 오셨다는 것은, 독자 분께서 감사하게도 책을 중간에 덮지 않고 에세이부터 단편집까지 훑어 봐 주셨다는 뜻이겠지요. 진심으로 감사드립니다.

혹은 도중에 화가 나서, 도대체 어떤 근성으로 이런 시시한 문장을 늘어놓았는지 얼굴이라도 보자는 심정으로 필자 사진을 찾던 중 이 페이지가 눈에 들어온 독자 분도 계실 것입니다. 모쪼록 용서해 주세요. 책값은 못 돌려드리지만 악의는 없습니다.

2020년. 그것이 어떤 해였다고 후세에서 이야기하게 될지 지금 시점에서는 짐작도 가지 않습니다.

잡지 《선데이 마이니치》에 연재를 시작한 에세이를 이쯤에서 책으로 만들어보자고 제안받은 것이 봄이

한창이었던 2019년 3월. 그때까지만 해도 '사람 많은' 찻집에서 업무 미팅을 할 수 있었던 시절이었지요. 에세이만으로는 분량이 적으니 대담을 넣어볼까요, 아니면 새로운 글을 쓰시면 어떨까요, 하고 양을 불리자는 제안을 들었지만 출간 예정 시기는 2021년 봄. 아직 먼 미래라서 솔직히 깊게 생각하지 않았습니다.

그러나 다음 달 갑자기 닥친 긴급 사태 선언으로 설마 했던 근신 칩거 생활이 시작되었습니다. 혹시 모르실까 봐 미래의 독자 분께 설명해 두자면, 코로나19라는 녀석이 세계적으로 맹위를 떨쳐 이 극동의 섬나라에서도 외출조차 쉽지 않은 시기가 있었답니다. 당연히 배우 같은 건 '필요하지도, 급하지도 않은' 직업이니 촬영이나 공연을 비롯한 모든 일이 중지되어 뜬눈으로 집에 틀어박혀 있어야 했습니다.

'일이 없으니 집에 있을 수밖에 없다.'

이 상황은 젊은 시절부터 수차례 겪어왔는데, 그것이 바이러스 때문이든 저 자신의 인기 없음 때문이든 뭐든 간에 받아들이는 수밖에 없습니다. 그 시절이라면 분명 단기 혹은 일용직 아르바이트에 힘을 쏟았겠지요. 하지만 긴급 사태 선언하에서는 아르바이트 찾기도 뜻대로 되지 않습니다. 애초에 쉰일곱 살을 채용해 주는 곳도 없을 거고요.

뭔가 적당한 가내 부업은 없을까. 집에 있는 것으로 할 수 있는 일. 유튜버가 될 정도의 끼도 없고. 곤란한 걸. 어쩔 수 없지, 컴퓨터 앞에 앉아서 몽상을 적어보는 수밖에.

내가 뭘 쓸 수 있을까. 에라 모르겠다, 될 대로 돼라, 하며 하루에 한 편씩. 그렇게 줄줄이 열두 편. 합쳐서 하나로 모으면 혹 읽을거리가 될지도 모르겠군, 하는 속셈이었습니다. 이렇게 된 것입니다. 즐겁게 읽어주셨다면 다행이고요. 거듭 말하건대 악의는 없습니다. 부디 용서해 주세요.

어차피 몽상이라고 단언한다면 마음껏 세상을 여행해 보는 편이 재미있겠지만, 유감스럽게도 집에 틀어박혀 쓰다 보니 글감이 저한테 익숙한 영역으로 한정되어서 이런 자그마한, 텅 빈 세계밖에 그려내지 못했습니다. 그래도 흥미가 있는 분이라면 웃어주실지도 모른다는 옅은 기대를 가슴에 품고 편집부에 원고를 보냈습니다. 그랬더니 일이 척척 진행되어, 놀랍게도 연내 출판으로 일정이 잡혔다는 게 아닙니까. 본업이 전혀 기능하지 않는 상황에서 재택근무로 여기까지 왔습니다. 기적이라고밖에 달리 표현할 길이 없습니다.

책을 만들며 여러 가지 작업을 진행해 나가는 마지막 무렵에 《선데이 마이니치》의 연재 종료를 통보받았습니다.

〈연기하는 자의 헛소리〉도 커튼콜 인사 없이, 아무래도 이대로 막을 내릴 모양입니다.

지금까지 저의 글을 즐겁게 읽어주신 독자 여러분, 이 자리를 빌려 인사드립니다. 고마웠습니다.

하찮은 배우가 사이비 수필가 역할을 연기한 이 년, 그리고 하찮은 사이비 문인 역할로 갈아타서 지낸 지난 삼 개월. 정말 즐거웠지, 큰 숨을 내쉽니다.

마지막 유언으로 장정은 기쿠치 노부요시 선생께 부탁드리고 싶다는 무리한 요구도 들어주셨으니 이제는 아무런 미련이 없습니다.

교토 사투리를 강의해 주신 국어 선생님 이와미 겐지 씨, 가즈코 부부, 그리고 전문이 아닌 분야임에도 아낌없이 협력해 주신 소속사 ZAZOUS의 마쓰노 에미코 사장님, 스즈키 유카 매니저. 그리고, 처음부터

끝까지 저의 몽상에 질리지 않고 어울려주신 마이니
치출판의 이가라시 아사코 님께 진심으로 감사드립
니다.

마쓰시게 유타카

옮긴이 이지수

무라카미 하루키의 책을 원서로 읽기 위해 일본어를 전공한 번역가. 사노 요코의 《사는 게 뭐라고》, 고레에다 히로카즈의 《영화를 찍으며 생각한 것》, 미야모토 테루의 《생의 실루엣》, 가와카미 미에코의 《헤븐》 등 다수의 책을 우리말로 옮겼고, 《아무튼, 하루키》 《우리는 올록볼록해》 《내 서랍 속 작은 사치》 《읽는 사이》(공저) 《사랑하는 장면이 내게로 왔다》(공저) 등을 썼다.

오늘은 무엇으로 나를 채우지

초판 1쇄 발행 2024년 10월 25일

지은이 마쓰시게 유타카
옮긴이 이지수
책임편집 양하경
디자인 주수현

펴낸곳 (주)바다출판사
주소 서울시 마포구 성지1길 30 3층
전화 02 - 322 - 3675(편집) 02 - 322 - 3575(마케팅)
팩스 02 - 322 - 3858
이메일 badabooks@daum.net
홈페이지 www.badabooks.co.kr

ISBN 979-11-6689-295-0 03830